McFitti

AUS MEINEM AUSPUFF KOMMT KONFETTI

KNAUR

Mc Fitti

MIT CHRISTIAN LÜTJENS

AUS MEINEM AUSPUFF KOMMT KONFETTI

WILLKOMMEN IN MC FITTIS WELT

KNAUR

Besuchen Sie uns im Internet:
www.knaur.de

FSC
www.fsc.org
MIX
Papier aus verantwortungsvollen Quellen
FSC® C014496

Deutsche Erstausgabe Oktober 2014
Knaur Taschenbuch

Covergestaltung: Julian Faudt / We are Büro|Büro
Coverabbildung: Julian Faudt / We are Büro|Büro
Alle Illustrationen: Julian Faudt / We are Büro|Büro außer:
Seite 4: Steckdose : MC-Fitti-Archiv
S. 50/51: Ausmalposter: Jürgen Schmallop
Seite 52: Sticker: MC-Fitti-Archiv
S. 88/89: Fotos: Fittis Handyfotos
Layout und Satz: Veronika Preisler, München
Druck und Bindung: GGP Media GmbH, Pößneck
ISBN 978-3-426-78705-2

2 4 5 3 1

TECHNISCHER HINWEIS!

Kleine Anmerkung für alle, die das hier nicht auf dem Handy, dem Laptop oder dem Tablet lesen: Ihr könnt aufhören, nach der Buchse zu suchen, in die man den Stecker zum Aufladen reinsteckt. Es gibt keine. »Na, super«, sagen jetzt viele. »Und was ist, wenn der Akku alle ist?«

Genau so hab ich auch reagiert, Leute. Fehlproduktion, hab ich gedacht. Sogar das fiese Wort »Rückrufaktion« blinkte vor meinem inneren Auge auf. Also hab ich beim Verlag angerufen, um die da mal richtig zusammenzuscheißen. Ne Viertelstunde hab ich rumgebrüllt. So lange, bis ich einen Hustenanfall gekriegt habe. Danach fragte die Tante am anderen Ende, ob ich fertig sei. Ich nur so: »Nee, noch lange nicht.«

Sie: »Aber Ihre Aufregung ist unberechtigt, Herr Fitti!«

»Unberechtigt? Alter, ihr habt vergessen, die Scheiß-Buchse für das Ladekabel einzubauen. Was sollen denn Leute machen, die nicht so schnell lesen und bei denen nach der Hälfte des Buches der Akku alle ist?«

Sie: »Es gibt in diesem Fall keinen Akku.«

Ich: »Wie jetzt? Den Akku habt ihr auch noch vergessen?«

Sie: »Es ist ein Buch, Herr Fitti. Es funktioniert ohne Strom.«

Dann hat sie aufgelegt. Und ich bin mir zum ersten Mal darüber klargeworden, was für ein krasses Produkt so ein altmodisches, gedrucktes Buch ist. Das kann man zehn Jahre ins Regal stellen, und es läuft immer noch. Man kann es auch an Orten lesen, an denen es keine Elektrizität gibt. Kurzum: Es funktioniert prächtig auch ohne Technik. Nette Abwechslung. Wer sich also noch mehr als über diese seltsame Einleitung über die Tatsache wundert, dass MC Fitti überhaupt ein Buch schreibt, mache sich klar: weil's geil ist. Außerdem werdet ihr euch wundern, was in dem altmodischen Medium für Potenzial drinsteckt. Und damit genug der Vorrede. Wir treffen uns auf dem Klo wieder!

WAS HERE
PEACE
#19SEP2014
HELLO
FITT

»FÜNF MINUTEN LÄNGER KACKEN, FÜNF MINUTEN LÄNGER PAUSE!«

Hat irgendwer die Sendung gesehen, als ich Gast bei »Markus Lanz« war? Da hab ich die Weisheit aus der Überschrift auch angebracht. Hat den Lanz voll aus dem Konzept gebracht und bei Facebook für jede Menge virtuelles Gelächter gesorgt. Hab ich zuerst gar nicht verstanden, weil's eigentlich nur ein Handwerkerspruch ist, den ich mir aus meiner Zeit bewahrt habe, als ich noch als Elektroinstallateur auf dem Bau gearbeitet habe. Inzwischen ist mir klar: Das Wort »Kacken« sagt man im Fernsehen nicht. Genauso wenig wie man es in ein literarisch anspruchsvolles Buch schreibt.

Aber wisst ihr was? Es ist gar nicht mein Ziel, literarisch anspruchsvoll zu sein. Das ist hier kein Roman, kein Enthüllungsbericht und schon gar keine Biografie. Nein, meine Lieben: Das hier ist Klolektüre. Das heißt, wir blättern ein bisschen rum, hüpfen von Gedanke zu Gedanke und kommen dabei auf neue Ideen.

Das funktioniert so: Du entscheidest einfach selbst, wo's langgeht. Ich fand schon immer die Bücher geil, bei denen man entscheiden konnte, was die Helden als Nächstes tun. Nach dem Motto: »Wenn Colt Seavers aus dem brennenden Auto springen soll, lies auf **SEITE 672** weiter. Oder soll er drin sitzen bleiben? Dann blättere um.« Nicht, dass es so einen virtuellen Colt-Seavers-Roman je gegeben hätte. Wenn es so wäre, wüsste ich das. Der Typ war der Held meiner Jugend. Genau wie die Jungs vom A-Team, die immer um sich geschossen haben, ohne dass jemand umgekommen ist. Aber darum geht's grad nicht. Leserbeteiligung war das Stichwort. Der inoffizielle Titel dieses Buches lautet deshalb »M³ – MC Fittis Mach-mal-mit-Buch«. Dahinter verbirgt sich eine Geschichte, mit der wir das Mitmachen gleich mal üben können.

Wenn du sie wissen willst, blättere zu Seite 152.
Der Rest trifft sich auf der nächsten Seite am Corner.

CORNERN … ÜBELST CORNERN

Der Corner ist ein Meeting- und Connection-Point, der überall sein kann. Häuserecke, Späti-Kiosk, Bushaltestelle – jede Gang hat ihre eigene Basis. Und die ist überall, wo Molle und Mate getrunken und Scheiße gelabert wird. Der Fitti-Über-Corner ist bekanntermaßen am Ostkreuz in Berlin. Da hat der ganze Wahnsinn angefangen, und von dort aus lasse ich mich fürs nächste Leben irgendwann Major-Laser-mäßig ins All schießen, um zu checken, was dort noch so alles abgeht. Da oben gibt's bestimmt noch viel krassere Treffpunkte als bei uns auf der Erde. Übelst Weltraum!

Jedenfalls: Beim Cornern weiß man nie genau, was passiert. Es ist ein großes Kommen und Gehen. Ein bisschen wie Facebook mit Anfassen. Ein Schwung Leute vermischt sich mit einem anderen, dann kommt eine Gruppe Unbekannter dazu, von der du sicher sein kannst, dass ein paar Typen dabei sind, von denen du einige zumindest aus Erzählungen kennst, und so weiter. So wächst und schrumpft die Besetzung ständig. Außerdem schnappt man im Laufe der Zeit verschiedene Vorschläge auf, wo später noch was los ist. Der Erste erzählt von einer Cluberöffnung, der Zweite von einer Privatparty, der Dritte von einer Vernissage. Auf all diese Veranstaltungen verteilt sich die Truppe dann irgendwann. Und am Ende kriecht einer nach dem anderen mehr oder weniger nüchtern zum Corner zurück, bis die Gang wieder vereint ist.

Stell dir also vor: Im Westen geht die Sonne unter, und am Ostkreuz kommt Stimmung auf. Alle schießen durch die Gegend mit Hummeln im Arsch und Lasern in den Augen – Hipster, Flaschensammler, kreischige Teenies. Mittendrin thront die Mach-mal-mit-Bank, an der die Gang bereit ist fürs nächste Action-Level. Nur abhängen geht ja auf Dauer auch nicht. Irgendwann kommt immer der Punkt, an dem sich alle Mann auf die Suche nach dem Flipper in sich selbst begeben.

Flipper hab ich vorhin ganz vergessen zu erwähnen bei den Helden meiner Jugend. Dabei ist er eigentlich der größte. Völlig frei dieser Delfin, aber trotzdem total treu. Nach seinem gechillten Gemütszustand sehnen sich irgendwie alle Menschen. Den Weg dahin nenne ich dann halt »die Suche nach dem Flipper in dir selbst«. Sie ist auch Thema dieses Buches. Aber erst später. Erst mal musst du dich entscheiden, bei welchem Mach-mal-mit-Helden du mitgehst. Das erste Treffen gibt's auf der nächsten Seite. Die Vorstellungsrunde folgt ab SEITE 12.

OSTKREUZ
CORNER
Peace.
#OSTKREUZ
CORNER
JPGNS ©
LIMPH
ASTRE
FITTI
#VM
#MCF
MCF
MC
IZZO
BIER
PEACE
#19SEP2014

OSTKREUZ
HELLO
FITTI
YO!
ZWEGAT!
MCIZZO!
MC IZZO
MC
PEACE 2014
#PEACE
YOLOBÄR
ZWEGAT
Rap
MC IZZO
MC FITTI
MMXIV
BIER

ZUM STYLE-CHECK MIT
DJ MC KATZENMASKE

Es ist kein Mensch, es ist kein Tier … Es ist Katzenmaske, das alte Brot. Das geheimnisvollste und unberechenbarste Mitglied der Gang misstraut Fremden und verstellt sich anfangs gern. Wenn er allerdings erst mal steil geht, gibt's kein Halten mehr. Eigentlich ist er ein Partytier, aber weil er mit seiner namensgebenden Maske auch eine Fetisch- und Stilikone geworden ist, ist er in diesem Buch für den Bereich Style zuständig. Die Legende besagt, dass Katzenmaske eine Katzenmaske trägt, unter der man auf eine Menschenmaske stößt, unter der wiederum eine echte Katze sitzt. Wenn alle Masken weg sind, geht die Maskierung also wieder von vorne los. Man kann das so interpretieren, dass damit das Maskengetue im deutschen Hip-Hop ad absurdum geführt wird. Muss man aber nicht. Stattdessen kann man sich auch auf Katzes weitere Qualitäten konzentrieren. Er ist auch DJ, kann richtig rauscutten und breaken. Voll hot. Noch hotter wird's nur, wenn sein Style auf meinen Style trifft und am Ende MC Kitty dabei rauskommt. Kann passieren, wenn du weiterblätterst zum Style-Check auf **SEITE 24.**

ZUR HALL OF FAME MIT *JÜRGEN SCHMALLOP*

Hier kommt er: der Mann, der morgens immer als Erstes wach ist und der selbst bei minus 20 Grad mit freiem Oberkörper am offenen Fenster steht und auf Action ist: Jürgen Schmallop. Er hat immer eine freshe Idee am Start und eine Dose im Anschlag. Also Spraydose. Zum Graffitimalen. Schmallop ist der Street-Art-King. Wir haben uns über das Graffiti-Ding kennengelernt. Da war er immer mein Vorbild. Er hat keine festgefahrenen Regeln und keinen starren Stil. Hauptsache verrücktes Zeug. Spacemen, Elfen, Fabelwesen. Knallebunt und mit heftigem Swing. Seine Bilder sind ein bisschen wie er selbst: ein reines Feeling. Du gibst ihm einen Kugelschreiber und einen Zettel, und er malt dir in fünf Minuten ein Bild, das dir durch bloßes Angucken gute Laune macht. Aber er kann auch Bewegtbild. Die Videos zu »Geilon« und »Dope Welt« hat er komplett alleine gemacht. Am Corner steht er mit einem Jutebeutel voller Spraydosen bereit, um die Halls of Fame in der Gegend abzuchecken. Bin ich bei. Du auch? Dann treffen wir uns zum Hoodcheck auf SEITE 48.

IM TOURBUS MIT *RAOUL*

500 Kilo auf der linken Schulter, 500 Kilo auf der rechten Schulter und ein Straußenei auf dem Kopf – das ist Raoul, wenn er Gas gibt. Irgendwann ist er mal mit dem Fahrrad quer durch Thailand gefahren, später mit dem Kanu durch Norwegen. Er kennt sich also aus mit dem Leben on the road. Auf der »Besser Späti als nie«-Tour im Sommer 2012 ist er bei uns gelandet. VM, Izzo, noch ein paar Leute und ich waren Hals über Kopf losgegurkt, um eine Woche lang Flashmob-mäßig in allen Städten aufzutreten, in denen die Facebook-Fans uns haben wollten. Peilung hatten wir keine, Geld auch nicht, aber zwanzig Säcke Konfetti, einen GPS-Tracker und einen drei Meter hohen Leuchtpimmel zum Aufblasen. Da haben ein paar Leute zu Hause in Berlin Zweifel bekommen, dass wir die Aktion überstehen, ohne im eigenen Chaos zu versinken. Diese Leute haben uns Raoul hinterhergeschickt. Sobald er da war, lief alles glatt, was vorher schiefzugehen drohte. Das ist bis heute so. Wenn Raoul ins Plaudern kommt, staune ich selbst, wie viel wir schon zusammen erlebt haben. Was genau? Der Tourbus fährt ab auf **SEITE 70.**

AUF PARTYKURS MIT *MC IZZO*

Wer zuerst lacht, lacht am lautesten. Und das ist immer MC Izzo. Auf Tour ist er Mädchen für alles. Bienenfleißig fasst er überall mit an und motiviert andere zum Anpacken. Vor allem aber ist er der Tourmanager fürs Privatleben. Wenn wir losziehen, übernimmt er die Planung und führt uns damit regelmäßig ins komplette Chaos – und aus dem Chaos entstehen bekanntlich die besten Partys. Ansonsten ist Izzo eine Speichermaschine und merkt sich alles aus den alten Zeiten. Er redet auch ununterbrochen drüber. Wenn er erzählt, ist man am Ende einmal um die Welt gesegelt – inklusive Abstecher in die Steinzeit und ins Weltall. Und wenn man während der Story aufs Klo geht, redet er trotzdem weiter. Zehn Minuten angeregtes Selbstgespräch ... Kein Problem für MC Izzo. Reden im Schlaf auch nicht. Macht er immer. Wenn er nicht gerade schnarcht. MC Schnarcho! Aber jetzt machen wir Party. Dazu springen wir Izzos übelst krasser Lache durch die nächsten vier Kapitel hinterher und gehen steil auf **SEITE 96.**

DURCHS SOCIAL WEB MIT *UDO ZWACKEL*

Wenn irgendjemand für das Lied »WhatsApper« Pate gestanden hat, dann war es Udo Zwackel. Der Hitproduzent und Geburtshelfer von Krachern wie »30 Grad« ist Teil der Gang, aber meist nur virtuell anwesend. Man kann mit ihm streiten, feiern, knutschen – alles kein Problem, solange man es nur über WhatsApp tut. Da ist er dauerpräsent. Egal zu welcher Tageszeit, es ist nie länger als 30 Minuten her, dass Zwackel online war. Was aber nicht bedeutet, dass er leicht zu greifen ist. Die Kontaktaufnahme läuft so: Man schreibt eine WhatsApp-Nachricht, wartet so lange auf Antwort, bis man sich fragt, ob er verschollen ist, und just in dem Moment, wo man eine Vermisstenanzeige aufgeben will, meldet er sich doch noch. Dann kann er sich vor Tatendrang kaum bremsen. Aber wehe, du lässt ihn in solchen Momenten entwischen. Dann ist er erst wieder abgetaucht, und das einzige Zeichen, dass er noch lebt, ist sein dauergeflashter WhatsApp-Account. Perfekter Repräsentant des Social-Media-Zeitalters, das in einem MC-Fitti-Buch natürlich auch Thema ist. Login: **SEITE 114.**

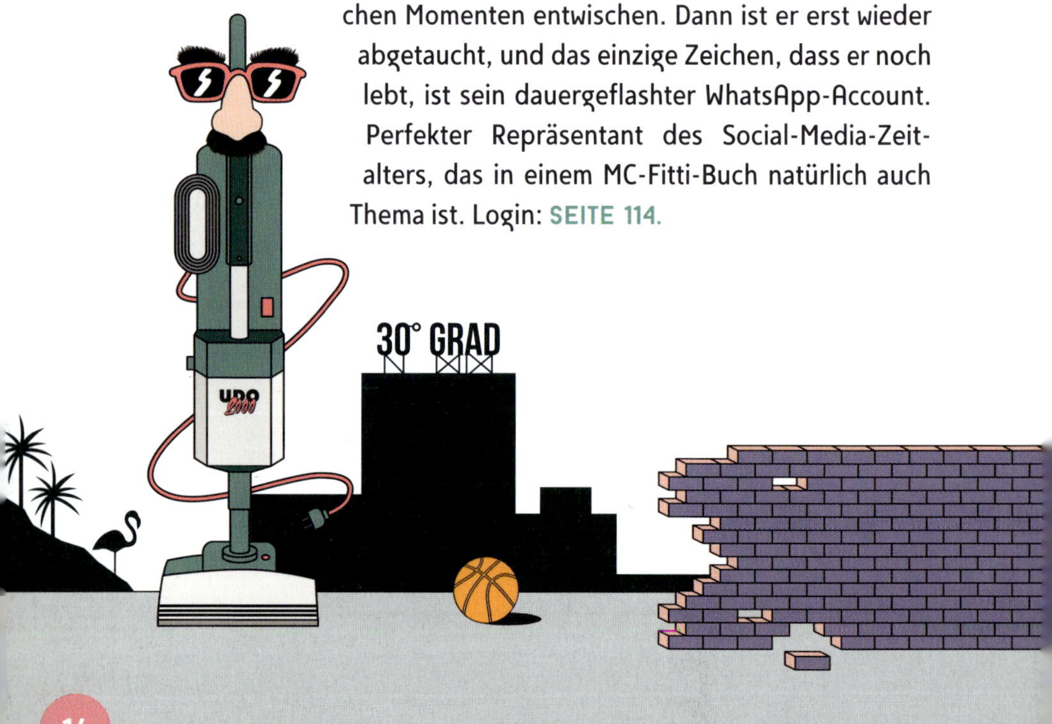

INS TONSTUDIO MIT *VOKALMATADOR AKA VOKA*

Freunde nennen ihn VM, für den Rest ist er Vokalmatador, der Mann, der mit der S-Bahn zum Ostkreuz rauscht und nach seiner Ankunft als Erstes die Frage stellt: »Ey, hat mal einer USB-Ladekabel oder 12-Volt-Nupsi?« Weil sein Akku immer leer ist. Weil er auf der Fahrt immer Musik hört. Musik ist sein Ding. Eigentlich egal welche. Von der Berliner Rap-Bande war VM der Erste, der für alles offen war. Wo sich andere mit Scheuklappen rumschlugen, fuhr er von Anfang an das Programm Finger-aus-dem-Arsch. Unser erster Berührungspunkt war sein Song »Alkohol«. Die Nummer hab ich schon gefeiert, als ich ihn noch gar nicht persönlich kannte. Inzwischen ist er mein Partner in Crime, der mich immer unterstützt – von Tipps beim Texten bis zu Tricks, wie man beim Rappen richtig atmet. Auf Tour ist er mein Backup-MC, beweist in französischen Ländern gerne seine Französischkenntnisse und im sonstigen Leben mein mentaler Schatten. Tage, an denen die Luft raus ist, haben wir immer gemeinsam. Aber heute ist keiner dieser Tage. Wenn VM über Mucke redet, ist bei ihm nie die Luft raus. Und darum geht's beim Ausflug ins Tonstudio ab SEITE 126.

AUF PR-TOUR MIT DEN *FLAMINGO-GIRLS*

Wie ihr vielleicht bemerkt habt, kommen in der Fitti-Welt alle Beteiligten aus der Graffiti- oder Hip-Hop-Ecke. Alle bis auf die Flamingo-Girls. Die sind irgendwo im Laser geboren! Flamingos-Girls sind coole Frauen, die nicht bei den Modelagenturen um die ersten Plätze streiten, sondern jeden Quatsch mitmachen und bei Partys auch mal als Letzte nach Hause gehen. Katzenmaske sagt: »Flamingo-Girls kommen selten allein. Sie sind Schwarmvögel. Sie treten also in Schwärmen auf und sie sind der Schwarm vieler Männer.« Klingt gut, oder? Für mich persönlich ist das Hauptmerkmal der Girls, dass sie mit Jungs abhängen können, ohne nur Dekoration zu sein. Das zweite Merkmal ist der pinke Damenhandschuh, den sie passend zu pinken Tüllkleidern und pinken Strumpfhosen über den Arm ziehen und an dessen Handstück ein 1-a-Flamingo-Schnabel auf- und zuschnappt. Perfekt, um die öffentliche Aufmerksamkeit auf sich zu ziehen. Deshalb sind die Girls hier für Promotion zuständig. Sie wissen, was ich bei Interviews, TV-Shows und Videodrehs für Klopper erlebt habe. Neugierig? Dann flattere zu SEITE 140.

So, die Vorstellungsrunde ist gelaufen, die Hälfte der Mach-mal-mit-Buch-Crew tummelt sich schon zehn oder hundert Seiten weiter, aber du bist immer noch hier. Weil du vergessen hast, dich zu entscheiden. Macht aber nichts.

Ab der nächsten Seite kannst du Mäuschen spielen und der Gang beim Quatschen zuhören. Dabei wird dir die Entscheidung am Ende abgenommen.

Oder du machst einen Jump zum letzten Mitglied der Crew: dem Zwegatmann. Eine kugelsichere Weste der Typ. Er hat in diesem Buch die Position inne, die er auch auf Tour übernimmt. Er ist der Joker für alle Fälle – anzutreffen auf Seite 156.

LEERLABERN

AUSSEN, OSTKREUZ, ABEND

Wer das richtige Feeling kriegen oder einen schlechten YouTube-Clip drehen will, spielt den folgenden Dialog mit verteilten Rollen nach. Dafür braucht man eine Bank und sechs Homies. Der mit der lautesten Lache spielt Izzo, der mit dem längsten Bart Fitti. Der Rest findet sich von selbst. Das Szenario: FITTI, IZZO, RAOUL, KATZENMASKE und SCHMALLOP sind am Cornern. UDO ZWACKEL schaltet sich nur zwischendurch per WhatsApp ein. Auch die FLAMINGO-GIRLS haben sich noch nicht blicken lassen. Die Sonne geht unter. Nebenbei läuft Musik aus dem Handy: »Alkohol«. Da fragt man sich doch spontan, wo VM bleibt.

FITTI: Wo bleibt eigentlich VM?

RAOUL: Wer?

FITTI: Vokalmatador, Mann: VM!

KATZENMASKE: S-Bahn ist ausgefallen. Er kommt später.

SCHMALLOP: Der soll sich mal ein Auto kaufen ... Verdammt, mein Feuerzeug ist im Arsch.

FITTI: Woher weißt'n das?

SCHMALLOP: Na, es funkt nur noch, aber brennt nicht mehr.

FITTI: Nicht du. Ich meinte Katze.

KATZENMASKE: Ach so. Er hat geschrieben, er sitzt am Südkreuz fest.

IZZO: Der sitzt fest? Scheiße, da muss ich an die Story auf der Hits-und-Brummer-Tour denken. Wo wir im Fahrstuhl festsaßen. Wisst ihr noch?

RAOUL: Ach komm, Izzo, nicht schon wieder die Story.

IZZO: Alter, total peng-peng war das. In Frankfurt, glaub ich. Überstress. Die ganze Technik die Stufen hochschleppen. Von dem Treppenhaus hat man heut noch Alpträume, weil man so oft hoch- und runterlaufen musste. Schwitzen wie ein Tier. Ich glaub, da war die Klimaanlage ausgefallen oder so. Jedenfalls übelste Plackerei. Und dann war man fertig. In jeglicher Hinsicht. Und was passierte? Die Lady von der Location kam um die Ecke und wollte wissen, warum man so verschwitzt sei. »Mit Verlaub, weil euer Treppenhaus die übelste Sauna ist«, hab ich gesagt. Und was antwortet die Alte furztrocken? »Warum habt ihr nicht den Fahrstuhl genommen?« Den Fahrstuhl, Alter. HAHA. HA HA HA HA. HAAAAAAA HAAAAA HAAAAA!

RAOUL: Alter, Izzo, warnst du mich nächstes Mal vor, bevor du lachst?

IZZO: HAHAHA! Man hat alles die Treppen hochgewuchtet, obwohl es am zweiten Hintereingang einen Fahrstuhl gab, so was Beklopptes.

RAOUL: Das war wirklich krass. Aber es war in Flensburg.

SCHMALLOP: Ist doch egal. Hat jetzt mal jemand ein Feuerzeug?

IZZO: Jedenfalls ist man danach aus reinem Frust mit dem Fahrstuhl immer hoch- und runtergefahren. Weißt du noch Schmallop? VM war auch dabei. Die ganze Mannschaft ist in der Kabine immer auf Ansage hochgehüpft. Bamm! Bamm! Und dann ...

KATZENMASKE: ... ist, kurz bevor die Show losgehen sollte, der Fahrstuhl steckengeblieben. Wer könnte es vergessen?

IZZO: Genau, Alter. Raoul und Fitti waren oben und haben sich gewundert, wo wir alle bleiben.

FITTI: Wir haben die ganze Zeit angerufen.

IZZO: Genau, aber in dem Scheiß-Fahrstuhl hatte man keinen Empfang. Der Hausmeister musste uns freischneiden.

RAOUL: Jetzt übertreib aber nicht. Der hat ganz normal die Sicherung wieder reingedreht und gut war.

IZZO: Auf jeden Fall übelst krass. Danach war er voll sauer und hatte Schiss, dass was kaputt ist. Also hat er für den Rest der Nacht Fahrstuhlverbot erteilt. Das hieß, nach der Show noch mal Treppen rauf und runter. Super gearscht, Alter. HAHAHAHAHAHA!

KATZENMASKE: Ach nee … Guckt mal, wer da kommt!

FITTI: Vokalmatador! Hast du uns doch noch gefunden?

VM: War ja nicht so schwer. Immer Izzos Lache nach. Kann mir jemand ein Ladekabel geben? Mein Akku ist fast alle.

SCHMALLOP: Aber nur, wenn ich dafür dein Feuerzeug kriege.

VM *(holt ein Feuerzeug raus)*: Hast du kein eigenes?

SCHMALLOP: Ist im Arsch. Funkt nur noch, aber brennt nicht mehr.

Es macht »Palimm«. Fitti hat eine WhatsApp-Nachricht bekommen.

FITTI: Zwackel schreibt, er hat morgen Geburtstag und feiert rein. Party im Produzenten-Loft. Wir sollen hinkommen.

SCHMALLOP *(nimmt VMs Feuerzeug und zündet sich eine Zigarette an)*: Hä? Hat der nicht vor zwei Monaten erst Geburtstag gefeiert? Da hab ich doch noch das »Piano« ruiniert.

FITTI: Auf sein Keyboard hast du getaggt.

SCHMALLOP: Weil's aussah wie Deko mit der Silberfolienbeklebung.

VM *(rappt)*: Silbernes Piano mit WLAN und Touchscreen. Hahaha.

FITTI: Zwackel hat in diesem Jahr schon dreimal in seinen Geburtstag reingefeiert. Macht er nur, damit er um Mitternacht eine Überraschung auffahren kann. Konfetti oder Stripperinnen oder so. Gehen wir hin?

VM: Dann sollten wir aber die Girls mitnehmen. Wo sind die denn?

FITTI: Flamingo-Girls? Flatterhaft wie immer. Hängen auf **SEITE 140** ab.

VM: »Seite 140«? Was'n das? Ne Cocktailbar?

FITTI: Alter, schon vergessen? Das ist ein Buch hier, da ist es normal, dass Leute auf Seiten abhängen.

VM: Ach so, klar. Hab ich mich noch nicht an das Buchformat gewöhnt.

FITTI: Echt nicht? Ich bin schon voll drin. Gibt's noch Katzenbier?

KATZENMASKE: Leider alle. Einer muss zum Späti, Nachschub holen.
SCHMALLOP: Ich kann nicht, ich rauch grad.
RAOUL: Ich finde, wir würfeln es aus. Sechs Mann, sechs Zahlen.
SCHMALLOP: Schöne Idee, Alter. Aber leider ... Kein Würfel am Start.
KATZENMASKE: Dice-App, Dice-App!
IZZO: Was für'n Ding?
KATZENMASKE: Würfeln aufm Smartphone, Mann.
IZZO: Hab ich noch nie gemacht.
FITTI: Dann hast du bald 'ne neue Story im Programm. Durchzählen!
RAOUL: Eins!
VM: Zwei!
KATZENMASKE: Drei!
IZZO: Vier!
SCHMALLOP: *(rührt sich nicht)*
FITTI: Schmallop, was ist mit dir?
SCHMALLOP: Ich hab doch gesagt, ich rauche und kann grad nicht.
FITTI: Okay, Schmallop ist die Fünf und ich bin die Sechs.
IZZO: Und wer würfelt?
FITTI: Na, wer wohl? Der Leser natürlich.
IIZZO: Ach, *der* Leser. Da fällt mir was Krasses ein. Wisst ihr noch, als ...
FITTI: Stopp! Aus! Jetzt wird erst mal gewürfelt. Wenn die Vier kommt, darfst du weiter quatschen, Izzo. Sonst ist wer anders dran.

BITTE WÜRFELN UND DEM ZAHLENWERT FOLGEN!

1 – RAOUL: Seite 70
2 – VM: Seite 126
3 – KATZENMASKE: Seite 24
4 – IZZO: Seite 96
5 – SCHMALLOP: Seite 44
6 – FITTI: Seite 154

Kein Würfel und keine Dice-App am Start?
Dann check die zweite Fitcom-Folge auf Seite 62.

DAS STYLE-INTRO BY *DJ MC KATZENMASKE*

Hallo und Meeyo,

Katzenmaske, mein Name. DJ MC Katzenmaske. Um ehrlich zu sein, bin ich nicht hundertprozentig einverstanden damit, dass Fitti mich zur Anmoderation des Style-Kapitels verdonnert hat. Das Party-Kapitel wäre mir lieber gewesen. Oder auch die Musik. Ich bin nämlich gleichzeitig Meister der Zeremonie und Plattenteller-Raubtier. Deshalb das Doppel-Prädikat. Bei MC-Fitti-Konzerten steuere ich als DJ-MC die Kommunikation mit der Crowd. Ein berühmter Rapper hat es mal so formuliert: Der DJ ist der Torwart des Haupt-Acts. Das bringt es gut auf den Punkt. Ich versuche, den Ball genau dann ins Publikum zu rollen, wenn die Stimmung zu kochen beginnt. Wenn das Publikum mitsingen möchte, muss ich die Musik runterdrehen, wenn es tanzen will, drehe ich sie lauter. Wann das eine oder das andere der Fall ist, muss ich fühlen. Und zwar nicht nur für mich selbst, sondern auch für MC Fitti. Und für die Crowd natürlich. Sie muss mit Pauken, Trompeten und Konfetti am Geilon-Nerv getroffen werden und komplett durchdrehen. So was schafft nur eine Katze.

Aber gut, ich bin an dieser Stelle nun mal nicht in meiner Funktion als DJ-MC hier, sondern wegen des Attributs »Katzenmaske«. Zugegeben ein Style-Element, das viele verzaubert und irritiert. Oder irritiert und verzaubert. Egal, es soll in diesem Kapitel ja nicht um meinen Style gehen, sondern um den von MC Fitti – und dessen Verständnis dieses Begriffs teile ich uneingeschränkt. Er sagt: »Meine Übersetzung des Wortes Style lautet: Machen, was man will. Wenn du dich in deinen Klamotten wohl fühlst, dann ist das schon Style.« Bei so was klatsche ich begeistert in die Tatzen und rufe »Yo, Mann«. Immerhin habe ich selbst viele Jahre meines Lebens mit der Unsicherheit über die Wahrhaftigkeit meines menschlichen Antlitzes

verbracht, bis ich mit der Entdeckung der Katzenmaske zu meiner tatsächlichen äußeren Form gefunden habe. Bei dieser Entdeckung war Fitti natürlich dabei. Wer mehr darüber hören will, sollte sich einen Abstecher zur Nacht der legendären Mett-Torte gönnen – eine Geschichte, die bezeichnend ist für unser spontanes Verständnis von Mode. Sie steht auf **SEITE 102**.

Wer direkt zur Analyse des Fitti-Styles übergehen will, blättert einfach um.

MC-FITTI-STYLE

Jo, Leute, da bin ich wieder. Hat die Katze euch zugeschwallert? Nicht weiter drüber nachdenken, das macht sie immer so. Ich selbst nutze den Anfang dieses Kapitels dazu, drei Elemente meines eigenen Styles zu erklären, zu denen ich in Interviews so oft befragt worden bin, dass es mir inzwischen zu allen vorhandenen Körperöffnungen wieder rauskommt. Hier also ein letzter, ausführlicher Kommentar zu den Stichwörtern: Sonnenbrille! Basecap! Bart!

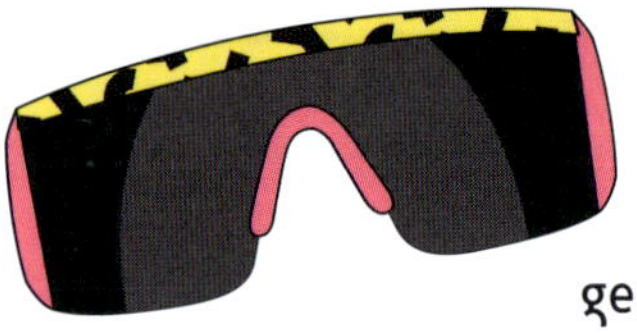

SONNENBRILLE

Viele denken, Typen, die Sonnenbrille tragen, sind Wichtigtuer. Ich finde, das ist Quatsch. Okay, es gibt Leute, die tragen ihre Sonnenbrille sogar nachts im Club. Aber selbst bei ihnen muss man zwischen denen unterscheiden, die es nur aus Eitelkeit tun, und denen, die Augenprobleme haben, weil sie in der Nacht davor zu viel gefeiert haben. Na gut, und dann gibt es noch die, bei denen die Sonnenbrille zur Arbeitsuniform gehört, zu denen ich mittlerweile selbst zähle.

Wie es dazu kam? Ganz einfach: Sonnenbrille symbolisiert für mich eine Lebenseinstellung. Wir kennen doch alle die Leute, die im Strandurlaub *keine* Sonnenbrille tragen und deshalb ununterbrochen mit den Augen blinzeln. Vermutlich verzichten sie drauf, weil sie Anhänger des Wichtigtuer-Vorurteils sind. Aber nehmen sie sich damit nicht selbst ziemlich wichtig? Entgegen des Eindrucks, den uns Modenschauen und Topmodel-Shows vermitteln, bin ich der Meinung, dass alles, was praktisch ist, auch irgendwie stylisch ist. Und Sonnenbrillen sind einfach mal praktisch. Deshalb sind sie für mich, seit ich denken kann, ein Basic-Utensil. Es begann mit den klassischen Billigsonnenbrillen vom Flohmarkt, die ich regelmäßig

verloren oder kaputtgemacht habe. Das war dann irgendwie auch unpraktisch, also hab ich mir irgendwann eine bessere Brille mit guten Gläsern gegönnt, die man den ganzen Tag tragen konnte, ohne dass sich die Augen verschoben. Die hab ich bis heute nicht verloren. Deshalb hat sie's aufs »Geilon«-Cover geschafft. Und damit ist sie zum Markenzeichen geworden. Markenzeichen lässt man nicht beim ersten zickigen »Trägst du die Sonnenbrille eigentlich nur, weil du cool sein willst?« wieder weg. So einfach ist das.
Und übrigens: Ob Sonnenbrillenträger wirklich cool sind, merkt man daran, ob sie beim Hallosagen zumindest kurz die Brille abnehmen. Wenn man mit jemandem auf Augenhöhe sprechen will, sollte man zumindest mal kurz Augenkontakt aufnehmen. Alles andere ist dann wirklich wichtigtuerisch und respektlos – und damit unstylisch.

BASECAP

Warum ich Basecap trage? Sagen wir es so: Ich bin als Steppke mit dem Skateboard und Sprayerambitionen durch die Gegend geschossen. Bei dieser Interessenlage kam man an Käppis einfach nicht vorbei. Ich bin also mit ihnen sozialisiert und fühle mich ohne sie irgendwie nackig auf dem Kopf – wer mich schon mal ohne Cap gesehen hat, weiß, immer Kurzhaarschnitt. Young S hat mir anfangs immer welche geborgt, jetzt schenk ich ihm welche.
Damit endet auch schon die Erklärung meiner persönlichen Basecap-Affinität, und wir können zur kurzen Käppi-Kunde übergehen. Die Frage ist ja immer: Snapback oder Fitted? Snapbacks sind die Käppis mit Verschluss. Klassische Dinger, die jeder auf seinen Kopfumfang einstellen kann. Fitted-Caps sind hinten zu. Die muss man nach Größe aussuchen. Wer was trägt, ist eine Typfrage. Schmallop und Izzo haben zum Beispiel solche Riesenbonjen, dass Snapbacks

bei ihnen immer auf dem letzten Loch sitzen. Weil sie finden, dass das scheiße aussieht, nehmen sie Fitted. Für langhaarige Mädels dagegen eignen sich Snapbacks besser, weil man hinten den Pferdeschwanz durch die Öffnung baumeln lassen kann. Außerdem sind die Teile im Rahmen der Retrowelle wieder voll angesagt. Für mich ist die Frage weniger Snapbag oder Fitted als Käppi ja oder nein. Wer eins tragen will, soll einfach folgende Faustregel verinnerlichen: Ein Basecap passt erst, wenn man es vorwärts, rückwärts und seitwärts aufsetzen kann und es in allen Positionen bequem ist und cool aussieht. Und damit zu meinem Lieblingsthema: dem Bart!

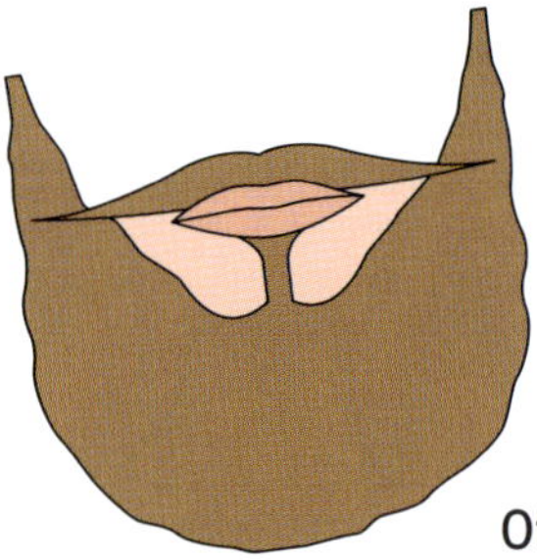

BART

Bartträger bin ich schon seit U-20-Zeiten. Ich hab mich in meinem ganzen Leben nur zweimal nass rasiert. Das erste Mal zum Ausprobieren, das zweite Mal zum Abgewöhnen. Offenbar bin ich der Elektrobartschneidertyp. Immer auf kleinste Stufe und Njjjjetzzz. Früher hatte ich mit einem Graffiti-Kumpel immer Wetten laufen. Das ging so: Sommer vorbei, Bart wachsen lassen, Winter vorbei, Bart ab. Der, der am längsten ausgehalten hat, die Zotteln dranzulassen, hatte gewonnen, und das war meistens ich. So wurde es für mich zur Gewohnheit, im Winter Vollbart zu tragen. Entspricht ja auch der Natur. Am Ende sind wir ja alle Tiere. Und Tiere lassen sich im Winter den Pelz wachsen. Das schützt und hält schön warm, aber war noch vor ein paar Jahren für viele total befremdlich. Die Leute haben mich ohne Scheiß angeguckt, als käme ich von einem anderen Stern. Und wenn ich im Winter einen Parka anhatte, war das richtig Penner-Style. Ich musste mich nur irgendwo hinsetzen, und schon ging's los mit »Hier, kannst mein Pfand haben«. So saß ich immer am Ostkreuz-Corner und hatte am Ende des Abends eine große Traube Flaschen um mich herum. War echt so. Dann hat es sich auf einmal ruck, zuck etabliert, Vollbart zu tragen. Erst in Spanien, dann am Ostkreuz, dann in den Medien. Bumm! Auf einmal wurde ein Style-Ding draus. Und jetzt werde ich ständig gefragt, was zuerst da war. Der Fitti oder der Bart? Meine Antwort darauf: Das Flaschenpfand. Darauf soll sich jeder seinen eigenen Reim machen.

Dass der Fitti-Bart aufs Albumcover kam, hatte zwei Gründe. Erstens sind die Fotos im Winter entstanden. Zweitens war die ursprüngliche Idee, ein Bild von mir im Friedrich-Wilhelm-Style. Auf einem Pferd, mit Pickelhaube und einer Katze unterm Arm. Ich fand's lustig, statt einem Gewehr oder dem Skalp des besiegten Feindes eine quicklebendige Katze unterm Arm zu halten. Und auch Katzenmaske war logischerweise Feuer und Flamme für die Idee. Am Ende hatten wir beide das Nachsehen. Weder Pferd noch Katze haben's aufs Cover geschafft. Dafür Flamingos, Flipper und der Bart.

Letzeren hab ich seitdem nicht mehr abgenommen. Nur noch gestutzt. Sonst würde er jetzt wahrscheinlich schon bis zum Boden reichen. Wächst halt so vor sich hin. Klappt ja gar nicht bei allen. Manche machen da ja großes Theater drum. Nach dem Motto »Mit Taubenscheiße einreiben fördert den Bartwuchs«. Halte ich für Quatsch. Vielleicht muss man einfach nur Handwerker sein und was Ehrliches gelernt haben, damit's zwirbelt. Und was die Pflege angeht: Die Zotteln werden jeden Tag gewaschen, gekämmt und der Schnäuzer mit Bartwichse bearbeitet, sonst hängt er runter, und man kann nicht essen oder trinken. Aber das ist locker und inzwischen wie Ohrenputzen.

Wer nach dieser Infokeule noch mehr Fitti-Style will, besorgt sich am besten schon mal eine Schere. Auf der nächsten Seite kannst du mir beim Anziehen helfen. Vor dem Umblättern bitte kurz anklopfen.

Wer darauf keinen Bock hat, springt zur T-Shirt-Fabrik auf Seite 36.

Mc Fitti PAPERDOLL

CUT OUT

Herein! Hey, du kommst genau richtig. Ich merke gerade, dass ich für eine Klolektüre zu frisch angezogen bin. Vernünftige Leute machen auf Toilette ja das Fenster auf. Da frieren Hobbystripper wie ich schnell. Bringst du mir Klamotten? Und hast du an die Schere gedacht? Perfekt. Los geht's.

MCFITTI
EST MMXII
TOY
MC FITTI
#CREW

COLLEGE-JACKE

Ein Klassiker. College-Jacken dienen seit den 1930er Jahren als Gruppen-Uniform. In den USA heißen die Dinger »Letter Jackets«, weil sie anfangs nur von Vorzeigesportlern bestimmter Teams getragen werden durften – den sogenannten »Lettermen«. Ein großer Buchstaben auf Brust und Rücken markierte die Zugehörigkeit zur jeweiligen Mannschaft – allen voran das »H« der Harvard-Universität, wo die Tradition ihren Ursprung hat. Dass das Letter-Prinzip perfekt zur Gang-Praxis in der Hip-Hop-Szene passt, erklärt sich von selbst. Und dass College-Jacken inzwischen zur Spielwiese der Designer geworden sind, weiß man spätestens seit P Diddy eine von Louis Vuitton getragen hat und Snoop Dogg eine mit seinen eigenen Initialen. Logisch, dass es eine Jacke für die Ostkreuz-Crew gibt. Damit mir aber niemand vorwirft, ich würde mich als Letterman des deutschen Hip-Hop aufspielen, hab ich mir beim Back-Patch der Mach-mal-mit-Jacke eine Spielwiesenfreiheit herausgenommen, die der Gewichtigkeit des Kleidungsstücks etwas Flipper-Speed verleiht: ein schnelles Pony, das eigentlich ein Einhorn ist und lieber anonym bleiben will. Es stärkt mir und meinen Jungs den Rücken.

JOGGINGHOSE

Ich bin ein Basics-Typ. Street-Segment, klassisch und real. Wer mit so einer Einstellung nicht bei Jogginghosen landet, hat das Thema verfehlt. Wer es doch tut, aber wilde Muster und Pseudo-Hipster-Schnitte über die Beine zieht, ebenfalls. Eine Jogginghose braucht keine Fashion-Spielereien. Bequemlichkeit ist Trumpf. Dass die Teile in den letzten Jahren vom Proll-Dress zur Alltagskleidung geworden sind, interpretieren amerikanische Trendforscher als Ausdruck von »Normcore«, ich sehe es einfach nur als ... Äh, nee lass mal. Solche Kategorien sind mir zu unbequem. Sie passen zur Jogginghose genauso wenig wie wilde Muster. Ausschneiden, anziehen, Schnauze halten!

HAMSTER-DRESS

War es ein Murmler, ein Eichhörnchen oder ein Frettchen, das da bei der MMXIV-Tour über die Bühne gehüpft ist? Ich sag's euch, Leute: Es war ein Hamster. Übelst Dope-Welt, die Viecher. Haben mehrere Eiszeiten überdauert und sich in zig verschiedene Arten aufgespalten. Außerdem sind ihre Backentaschen übelste Vorratsspeicher und ihre Gebisse eine Wissenschaft für sich. Ja, und dann tauchten sie auf einmal im »Dope Welt«-Video am Horizont auf. Vermutlich, weil sie als vornehmlich vegetarisch lebende Tiere den Grasduft zu schätzen wussten. Auf der Bühne hat Partyking MC Izzo den Hörnchen-Dance gesteppt. Danach war er jedes Mal platt! In dem Kostüm geht im Scheinwerferlicht richtig die Heizung an. Ich war lange froh, es nicht anziehen zu müssen, aber für fröstelige Minuten wie jetzt ist es genau richtig.

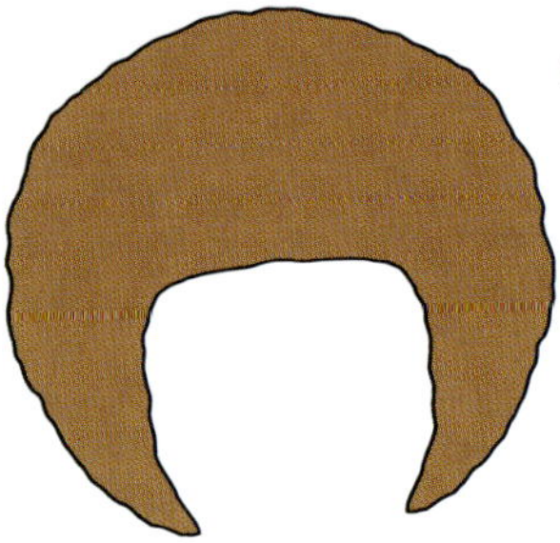

MINIPLI-PERÜCKE

Es hat ohne Ende Anfragen gegeben, wer der attraktive, junge Künstler aus dem »Join the Revolution«-Video war. Ihr wisst schon, der, der so meisterhaft die Traumlandschaft unter der Emoticon-Sonne auf die Leinwand gepinselt hat. Die Schlauen wussten sofort Bescheid. Cameo-Auftritt von Bob Ross, sieht man ja an der Frisur. Aber sie haben vergessen, dass Bob Ross seit fast zwanzig Jahren tot ist. Wer also dann? Jetzt kommt's, Leute: Das war ich selbst. Ja-ha-ha, da brandet ungläubiges Raunen durchs Klo! Aber es hilft alles nichts, denn hier kommt der Beweis. Das Instrument der Verwandlung war eine simple Minipli-Perücke, die ich hier im Dienste der Wahrheitsfindung zum Ausschneiden zur Verfügung stelle. Besser als jeder Trip, das Teil. Hat mein Brain so überhitzt, dass der Kopf am Ende des Drehs mit der Emoticon-Sonne um die Wette leuchtete. Deshalb gibt's gratis eine Smiley-Maske dazu. Revolutionär!

FLAMINGO-SAKKO

Rosanes Sakko im Cabriolet ...? Tausendmal gesungen, aber zum Glück nicht tausendmal erlebt. Wo wir gerade aus der Super-Normcore-Bequemo-Ecke kommen, sind wir jetzt am anderen Ende der Garderobenstange angelangt. Als Flamigo-Boy, der ich als Wegbegleiter der Flamingo-Girls ja zwangsläufig bin, musste ich dem pinken Flattern mehr entgegensetzen als Schüsse aus der Konfettikanone. Also hab ich mir zur Freude der Girls das rosane Glanz-Sakko besorgt, das es seither zu Fotoshooting- und Textzeilen-Ruhm gebracht hat. Aber ganz ehrlich: Autogefahren bin ich mit dem Teil nur einmal. Beim Videodreh zu DJ Ötzis »Wie ein Komet«. Zum Glück fanden die Dreharbeiten im winterlichen Saalbach-Hinterglemm statt, sonst hätte ich im Video Schweißflecke unter den Armen. Klemmt mega unter den Achseln das Ding.

HOODCHECK-SHIRT

T-Shirt-Aufdrucke transportieren einen Standpunkt. Brandings zeigen die Identifikation mit einer Marke, Schriftzüge sind Ansagen an die Welt, Quatsch-Motive Ausdruck eines Geisteszustand jenseits des auf den ersten Blick erfassbaren. Außerdem ist da noch die kurzärmelige Antwort auf die College-Jacke: das Hoodcheck-Shirt. Damit trägt man die Gang immer vor der Brust. Schutzschild! Oder Zielscheibe? Egal. Das Ur-Ostkreuz-Shirt ist das T mit MC. Damit bin ich für meine Jungs zum Che Guevara der Hall of Fame geworden. Haha! Wer fertig gelacht hat, kann sich bei YouTube unter dem Stichwort »Fashion-Fitti« die Entstehung des Teils reinziehen.

Das Hoodcheck-Shirt hat dich in Shirt-Print-Laune gebracht? Dann blättere um zur Fit-T-Shirt-Factory.

Nach all der Schnipselei ist dir nach Cat-Couture? Dann besuch MC Kitty auf Seite 40.

FIT-T-SHIRT-FACTORY

Es gibt zwei Dinge, die ich an Junggesellen- und Junggesellinnenabschieden scheiße finde. Erstens: die penible Trennung zwischen Männern und Frauen. Wie soll jemand, der bei der Party vor der Hochzeit nicht mit dem anderen Geschlecht klarkommt, danach, bis dass der Tod ihn scheidet, damit klarkommen? Und zweitens: die T-Shirts, die für solche Anlässe produziert werden. Ich würde gerne wissen, wie viele »Letzte Ausfahrt vor Elke«- oder »Nico's next Top-Ehefrau«-Hemden im Umlauf sind, die exakt einmal zum jeweiligen Partytermin getragen und danach nie wieder angerührt wurden, weil sie zu hässlich für den Alltag sind. Tausende? Millionen? Jedenfalls zu viele, als dass man nicht drüber nachdenken könnte, ob man sich mit den Dingern nicht mehr Mühe geben sollte. Der Grundgedanke des Partyshirts ist schließlich gut. Es ist ein äußeres Zeichen der Zusammengehörigkeit des Teams. Dieses Prinzip ist übelst Ostkreuz, und ich betreibe es seit Jahren unabhängig von Hochzeiten mit wachsender Begeisterung.

Schon lange bevor sich jemand für MC-Fitti-Merch interessiert hätte, hab ich Mini-Kollektionen mit T-Shirts gemacht, die ich an Kumpels verschenkt habe. Das waren 20er- oder 30er-Auflagen mit selbstgemalten Motiven, die innerhalb der Crew hohen Wiedererkennungseffekt hatten und inzwischen Raritätenstatus genießen. Anfangs haben wir mit simplen Schablonen und Textilfarbe gearbeitet, aber richtig spaßig wurde es erst, als Siebdruck ins Spiel kam. Siebdruck ist ne coole Sache, die jeder probieren sollte, der auf Motiv-Shirts steht. Weil man damit superdetailfreudig drucken kann. Am einfachsten geht's mit professionellem Siebdruckkarussell, aber es gibt auch Startersets für den Hausgebrauch, die sich schon bei der ersten 30er-Kollektion auszahlen – zumal einer ersten Kollektion erfahrungsgemäß eine zweite und dritte folgen. Siebdruck macht krass süchtig.

Ich erkläre an dieser Stelle nur die Methode, um die Neugier aufs eigene Mach-mal-mit-Shirt zu wecken. Den Rest müsst ihr euch selbst beibringen. YouTube ist mit zahllosen Do-it-yourself-Videos dabei behilflich.

DIE AUSRÜSTUNG: SIEBRAHMEN MIT SIEB, FOTOEMULSION, UV-LAMPE, MOTIVFOLIE, SCHWAMM, RAKEL, FARBE, SHIRT

1. Motiv malen und auf eine transparente Folie drucken.
2. Sieb im Rahmen beidseitig mit Fotoemulsion beschichten und trocknen lassen. Dieser Schritt sollte im Dunkeln erfolgen, um vorzeitige Belichtungen zu vermeiden
3. Nach dem Trocknen des Siebs die Motivfolie spiegelverkehrt auf den Rahmen legen. Danach je nach Lichtstärke einige Minuten mit UV-Strahlen belichten. Der Effekt: In Bereichen, die vom UV-Licht getroffen werden, härtet die Fotoemulsion aus, während sie in den verdeckten Motivbereichen weich bleibt. Die weichen Bereiche lassen sich nach dem Belichten auswaschen.
4. Sieb mit Wasser und gegebenenfalls Schwamm auswaschen, bis eine porenreine Negativ-Version des gewünschten Motivs erscheint.
5. Shirt auf eine glatte Platte spannen, die das Knittern des Stoffs und das Durchfärben des Drucks auf die Shirt-Rückseite verhindert.
6. Siebrahmen auf den zu bedruckenden Stoff legen und mit einem »Rakel« Farbe darüberstreichen, so dass sie sich gleichmäßig auf den Stoff überträgt. Übelst rakeln sozusagen. Danach Farbe trocknen lassen. Bei mehrfarbigen Drucken wird für jede Zusatzfarbe ein Extra-Sieb belichtet, dessen Motivausschnitt über die Grundebene drübergedruckt wird. Dafür benutzt man dann besser wirklich ein Karussell. Ansonsten: Druckvorgang mit der gewünschten Anzahl Shirts wiederholen. Danach Sieb auswaschen.

Das hätten wir. Ab sofort gibt es keine Entschuldigungen mehr für hässliche Einweg-T-Shirts.

Inspirationen für Motive gibt's auf Seite 44.
Der Rest ziehe sich warm an! Ab nächster Seite: Dresscode!

DRESSCODE-KNACKEN

Für mich gibt es drei Arten von Dresscodes. Erstens: die, die man befolgt. Zweitens: die, die man sich selber aussucht. Drittens: die, mit denen man bewusst bricht. Wenn man es genau betrachtet, haben sie alle die gleiche Funktion: Sie zeigen einem, wo man hingehört. Bis das richtig funktioniert, muss man aber erst mal mit jeder der drei Formen auf Crashkurs gehen. Action!

PHASE EINS: Das erste Mal bewusst erleben wir Kleiderordnungen doch alle bei offiziellen Anlässen oder Familienfesten. Hochzeit, Beerdigung, Kindstaufe. Für so was muss man sich schon als Steppke in Hemd und Stoffhose zwängen, weil vor Urzeiten mal irgendwer entschieden hat, dass man zu solchen Feiern nicht nackig erscheint. In der Regel setzen sich diese Konventionen im Erwachsenenalter fort. Finde ich okay. Wenn bei offiziellen Anlässen vorher keiner eine Dresscode-Absage erteilt hat (zu meiner Beerdigung muss zum Beispiel keiner im Anzug erscheinen), sind solche Grundregeln eine Frage des respektvollen Umgangs. Allerdings heißt nach Vorschrift nicht nach Stange! Manche sagen, weiße Socken zum Anzug sind ein No Go. Ich find sie völlig okay, wenn grad keine schwarzen am Start sind. Zumal ich eigentlich nur weiße Tennissocken besitze und mir bisher noch niemand übelgenommen hat, wenn ich sie zum Anzug getragen habe. Wenn ich wüsste, es wäre so, würde ich mir vermutlich überlegen, ob ich zu der Veranstaltung überhaupt hin muss. An diesem Punkt greift dann das Zugehörigkeits-Bewusstsein. Hundertprozenter, die nicht mal Tennissocken verzeihen, sind nicht meine Welt, also muss ich auch nicht mit ihnen feiern.

PHASE ZWEI: Jetzt sind wir so weit, dass eine Kleiderordnung zur Persönlichkeitsbildung beiträgt, indem man sie nicht mitmacht. Das geht auch umgekehrt. Dresscodes werden ja nicht nur im »Abendgarderobe erwünscht«-Modus befolgt, sondern auch im Alltag. Über unsere Kleidung drücken wir Individualität oder die Zugehörigkeit zu einer Gruppe aus. Das passiert meist unterbewusst. Wenn man den Besuch in meinem Kleiderschrank als Beispiel nimmt, dann kann man an der College-Jacke, den Motiv-Shirts und der Jogginghose meine Verbindung zur Rap- und Graffitiszene ablesen. Dieser Style hat sich in meiner Jugend entwickelt, als ich mit Schmallop Skateboard-Stunts geübt habe und mir über Dresscodes null Gedanken gemacht habe. Ich hab mich einfach so angezogen, wie ich's cool fand. Selbst ausgesucht heißt aber nicht selbst erfunden. Und weil ich Stilikone Katzenmaske damals noch nicht kannte, haben Idole wie Snoop Dogg und die Beastie Boys als Fashion-Vorbilder hergehalten. Dass ich inzwischen auch Murmeltierkostüme und Minipli-Perücken im Kleiderschrank hab, werte ich jetzt als Zeichen der Horizonterweiterung.

PHASE DREI: Man kann mit Dresscodes auch sein Spiel treiben. Auf eine Medienparty im Smoking gehen, auf eine Dinnerparty in Jogginghose, auf eine White-Party in Schwarz ... Solche Aktionen tragen nicht zur Anerkennung der Veranstalter bei, aber auf jeden Fall zur Charakterbildung. Scheiße gefunden zu werden, muss man im Leben ja auch lernen. Dann tut's beim nächsten Mal weniger weh. Rausgeschmissen zu werden ebenfalls. Wer's ausprobieren will, antwortet auf blöde Anquatschereien einfach »Ich bin Künstler«. Dann ist man auf einmal nicht mehr der Buhmann, sondern der Freigeist, und aus dem Fehlverhalten wird eine Performance. Klappt nicht immer, aber erstaunlich oft. Fazit: Dresscodes sind was fürs Museum, und die Modewelt hat eine Scheibe.

Dresscode geknackt? Dann miss dich an Über-Stylo MC Kitty. Umblättern!

CAT-COUTURE MIT MC KITTY

Zu fancy für den Corner, aber zu streetcore für Germany's next Topmodel – das ist MC Kitty. Die exklusive Kreuzung aus DJ MC Katzenmaske und MC Fitti ist ein Underground-Phänomen, das man nicht verstehen, sondern fühlen muss. Für den Cat-Couture-Checker ist die Realität sowieso nur eine Laune des schlechten Geschmacks. Dass er sich zehn Minuten Zeit nimmt, um mit Katzenmaske und mir über die Geheimnisse realen Styles zu diskutieren, ist ein Wunder mit Schnurrhaaren. Magic!

Fühlst du dich eigentlich eher als Katze oder als Mensch?
Als Model.

Wartest du darauf, von jemandem entdeckt zu werden?
Und wer sollte das tun?

Heidi Klum zum Beispiel. Oder Dieter Bohlen.
So was hab ich nicht nötig. Ich habe mich selbst entdeckt, das reicht.

Du bist »Hello Fitti«-Sticker-Held. Ist stickern stylo!
Voll. Old school, aber stylo. Meine Großmutter war auch ein Sticker.

Deine Großmutter?
Klar, Mann, meine Familie ist ein multimedialer Clan. Meine Ma war ein Paste-Up, mein Dad ein Adbuster, mein Onkel ein Stencil und so weiter. Meine Grandma war halt ein Sticker.

Sah sie zufällig aus wie eine Steckdose?
Nein. Den Strom im Blick habe ich von meiner Tante.

Die vermutlich genauso stylo ist wie du …
Was soll ich dazu sagen, ohne eingebildet zu klingen? Ich verweigere die Antwort.

Dann zu uns: Was hältst du von Katzenmaske und mir?
Hättest du meine letzte Antwort richtig verstanden, würdest du diese Frage nicht stellen.

Entzieht sich echter Style der Bewertbarkeit von außen?
Ich dachte, wir reden hier über Fashion, nicht über Philosophie.

Gehören diese beiden Dinge nicht zusammen?
Möglich. Obwohl eine gute Philosophie schlechte Mode genauso wenig rettet wie gute Mode eine schlechte Philosophie.

Auch dieses Gespräch ist nicht mehr zu retten. Trotzdem danke.
Mit Vergnügen. Und nur mal so aus Interesse: Hat einer von euch denn die Nummer von Heidi Klum?

Du raffst gar nichts mehr? Wir auch nicht. Um Kittys Familie zu verstehen, blättere vor zu Seite 52.

Der Rest trinkt einen Pfeffi und blättert einmal um.

Alter, merkst du was? Der Pfeffi wirkt. Der ganze Raum in grünes Licht getaucht. Man geht wie auf Watte, der Boden schwankt und die Bar ... Hä, wo ist überhaupt die Bar? Und was spielen die hier für beschissene Musik? Glucki-glucki, plipp-plopp. Ich glaub, ich brauch noch nen Schluck. Aber die Pfeffi-Flasche ist auch weg. Irgendwas stimmt hier nicht. Blick zur Decke. Grüne Sonne. Blick zur Seite. Grüne Scheiben. Blick nach vorne ... Da schwebt ein grüner Briefumschlag im Raum. Als ich danach greifen will, bringt mich der Anblick hinter dem Glas aus dem Konzept ... Das ist das Ostkreuz! Meine Homies, unsere Bank. Bonnie Strange ist auch da. Sie singen »Grüne Welle«. Sehr witzig. Hier ist zwar alles grün, aber von Welle merk ich nichts. Ich weiß nicht mal, wo ich bin.

Ich winke. Armbewegungen wie in Zeitlupe. An die Scheibe klopfen. Dumpfes »Klong« wie im Aquarium. Niemand reagiert. Rufen. Blubb, blubb ... Statt einem Schrei quellen Luftblasen aus meinem Mund. Sie schweben nach oben Richtung Himmel. Die Atmosphäre schmeckt nach Minze. Entweder ich träume oder ich stehe hier tatsächlich auf dem Boden einer Pfeffi-Flasche!

Im nächsten Moment lösen sich meine Füße vom Boden, und ich hebe ab wie ein schwereloser Tänzer im Weltraum. Unterwasser-Action. Unterpfeffi-Rolle. Ich tret aufs Gas, es macht blubb-blubb. Lustiges Gefühl. Noch ne Rolle. Aus dem Augenwinkel nehme ich einen Schatten wahr. Einen schwarzen Pfeil, der über mir seine Kreise zieht wie ein Adler, der eine Maus ins Visier nimmt. Und die Maus ... Bin ich. Na super. Dieser Trip fängt an ungemütlich zu werden. Langsam, aber unaufhaltsam schraubt sich der Schatten tiefer. Kein Ausweg. Nur das verzerrte Abbild der Ostkreuz-Hood in Psychedelisch-Grün. Inzwischen ohne meine Gang. An ihrer Stelle steht jetzt ein Flügel, an dem ein Typ mit Sechziger-Jahre-Matte sitzt und spielt. Um ihn herum eine singende Junior-Crew. Übelst am Jammen die Kiddies. Gucken alle zu mir rüber. Und sie zeigen auf den immer noch vor mir tanzenden Umschlag. Wieder greife ich danach. Gleichzeitig versuche ich zu verstehen, was sie singen. »Grüne Welle« ist das nicht. Ich bekomme den Brief zu fassen und wage einen Blick nach oben. Der Angreifer ist jetzt direkt über mir. Kein Bruce Lee weit und breit, der hinterm Rücksitz vorhüpft. Nur ich und der Schatten. Ich stecke den Umschlag in die Hosentasche und will wegstrampeln. In diesem Moment bohrt sich das Kinderchorgeplärr mit einer vertrauten Zeile in meine Gehörgänge: »Man ruft nur Flipper, Flipper, gleich wird er kommen!«

Der Schatten stößt auf mich nieder, umkreist mich zweimal und ...

»Jeder kennt ihn, den klugen Delfin!«

Fröhliche schwarze Augen. Flossen-High-Five.

»Wir lieben Flipper, Flipper, Freund aller Kinder.«

Alter, der Schatten war Flipper! Alle Aufregung umsonst!

»Große nicht minder, lieben auch ihn!«

Stimmt, aber wir wollen nicht kitschig werden, Kiddies. Aufsteigen, Finne umklammern, Quietsch-quietsch und Abfahrt. Der Rest des Songs geht im Rauschen unter, das den pfeilschnellen Aufstieg zur Pfeffi-Oberfläche begleitet. Und im befreienden Platschen, als wir sie durchbrechen. Und im warmen Sausen des Luftzugs, der mir beim Flug Richtung Flaschenhals die Klamotten trocken föhnt. Ab durch die Mündung! Weiße Wolken, Himmelsfanfaren und zur Feier des glücklichen Ausgangs eine Pfeffi-Fontäne, die uns auffängt, als wären wir in einem Super-Mario-Spiel. Wahrscheinlich ist es eins. Mir fällt der Briefumschlag in der Hosentasche wieder ein. Ich ziehe ihn hervor. Von oben plötzlich ein Rattern wie von Rotorenblättern. Neben mir wird ein Seil heruntergelassen. Jemand ruft: »Schnell, schnapp dir das Seil!«

Kenne ich diese Stimme? Und was jetzt eigentlich? Erst zugreifen oder erst lesen? Entscheide du!

Wenn du den Brief öffnen willst, lies auf Seite 94 weiter.
Willst du das Seil ergreifen, blättere vor zu Seite 66.

GRAFFITI-INTRO BY JÜRGEN SCHMALLOP

Real muss es sein. Darum geht's im Leben, darum geht's beim Malen. Und damit Hallo erst mal. Jürgen Schmallop mein Name. Ich bin Hoodchecker, Zipfel-Zampano, Wall-Wuffel, Konfettiwerfer, bekannt aus der Juice, von The Dome 64 und der halben Brummer-Tour ... Sucht euch was aus. Oder noch besser: Erfindet selbst was. Dann habt ihr die erste Hürde in der Street-Art-Quatschparade bereits genommen. Fitti hat mir den Job übertragen, im folgenden Kapitel den Writer-Profi raushängen zu lassen und über Graffitis zu erzählen. Macht sicher Sinn. Style und Humor der Fitti-Family sind eng mit der Sprayer-Kultur verbunden, und da ich auch im echten Leben ein Bindeglied zwischen beidem bin, zwirbeln wir sicher auch hier eine Brücke zwischen den Welten. Um zum Aufwärmen gleich mal zwei Slangbegriffe einzuführen, schlage ich vor: Ab sofort seid ihr die Toys und ich bin der King. Sprich: Ihr seid die Anfänger und ich bin euer Lehrer. Hört ihr jetzt, wie sich alle Homies, die mich besser kennen, im Hintergrund schlapplachen? Weil sie es zum Brüllen finden, wenn sich Heiopei Schmallop zum Vorbild aufspielt? Sollen sie machen, denn das Gelächter ist ein guter Ausgangspunkt für die zweite Lektion. Die heißt: Lasst sie gackern und macht euch ein eigenes Bild. Nur dann landet ihr bei dem Zustand, den ich anfangs als »real« bezeichnet habe.

Für mich sind Graffitis Raum zum Quatschmachen. Sie halten den Kopf frei für Dinge, die sonst noch so anfallen: Hoodcheck, Videos drehen und schneiden, Nonsens-Tracks aufnehmen. Dieser Lifestyle ist eine Einstellungssache. Der mitteleuropäische Durchschnittsbürger lehnt es ja eher ab, in seiner Freizeit rumzualbern und abgedrehte Clips bei YouTube hochzuladen. Genau wie der Möchtegern-Gangster-Sprayer es ablehnt, uncoole Quatsch-Motive wie hasenzähnige

Dope-Bellos und bekiffte Waldwuffels an die Wall zu sprühen. Oder auf T-Shirts. Oder auf Frühstückseier. Ich mach so was. Weil ich's dope finde. Ich mal auch immer wieder Porträts meiner Homies. Haltet mal Ausschau nach Schokobohne Izzo oder Zipfelwicht Fitti. Diese Figuren pflastern mittlerweile eine Menge Wände dieser Welt. Und es werden immer mehr. Weil ich weitermache, solange es sich real anfühlt. Genau so solltet ihr es auch angehen, meine lieben Toys. Das wäre meine Writer-Grundbotschaft für den Anfang. Die praktischen Tipps folgen ab der nächsten Seite.

Wer lieber mit den Boys über Schmallop lacht, springt zur nächsten Fitcom-Folge auf Seite 62.

EQUIP-MAN

Na, hat Schmallop euch zu seinen Toys erklärt? Super, dann reden wir auf Augenhöhe. Ich bin auch eins, und das ist okay so. Wenn die Welt voller Schmallops wäre, gäbe es nur noch Bilder, die zu schade zum Übermalen wären. Das hieße auch, es gäbe keine Flächen zum Rumprobieren mehr. Und nichts anderes wollen wir an dieser Stelle tun. Aber vorher: Ausrüstung checken.

FOTOAPPARAT

Schon klar, der Fotoapparat ist sowieso in jedem Handy inklusive, aber wir nehmen diesen Punkt als Einstieg und Denkzettel. Denn: Graffitis sind eine vergängliche Kunst, deshalb fotografiert man die eigenen Werke besser, bevor sie übermalt werden. Das Gleiche gilt für Bilder von Vorgängern, die man selber übermalt. Dazu eine Grundregel: Illegal Crossen ist uncool und kann Stress geben, deshalb gewöhnt man es sich besser nicht an. Halls of Fame sind die Ausnahme. Weil sie für Graffitis vorgesehen sind, ist übermalen hier erlaubt. Erfahrungsgemäß gibt es trotzdem immer Chaoten, die rumheulen, weil sie vergessen haben, Fotos ihrer Bilder zu machen. Für diese Leute knipst man mit.

SCHWARZ UND WEISS

Beim Sprayen gehören eine helle und dunkle Dosen mit Schwarz und Weiß zur Grundausstattung. So kann man lostoben, ohne davon abhängig zu sein, ob man auf einen hellen oder dunklen Untergrund trifft. Normalerweise geht bei jeder Session eine komplette Dose Schwarz für die Outlines drauf. Für meinen Geschmack sehen Outlines nur in Schwarz, maximal Dunkelblau, gut aus. Weiß wird gezielt für Highlights (Glanzpunkte) eingesetzt. Der größte Hersteller für Graffiti-Sprühdosen ist Montana Cans aus Heidelberg oder spanische MTN's. Die Jungs kommen aus der Szene und machen auch Zubehör.

FARBEN

Ohne Farbe keine Fill-ins. So weit, so logisch. Damit ist aber noch nicht beantwortet, *welche* Farben mitgenommen werden. Die Entscheidung, was für Dosen du einpackst, ist der erste Schritt auf dem Weg zum fertigen Bild. Ausschlaggebend ist in der Regel die Laune. Nicht umsonst ist das Ziel beim Sprayen, mit dem fertigen Bild eine Mood, also Stimmung, abzubilden. Die Faustregel »Krachebunt = gut drauf«, »Dunkle Farben = schlecht drauf« trifft dabei nicht auf jeden zu, bestätigt sich aber oft.

CAPS

Düse, Kappe, Sprühkopf – wie auch immer man sie bezeichnet, die Wahl der Caps bestimmt, ob der Strich dick oder dünn und der Farbauftrag gezielt oder gestreut ist. Der Klassiker ist das New York Fatcap, mit dem man einen schönen saftigen Strich hinkriegt und das inzwischen selbst zum Kunstobjekt geworden ist, weil Designer es als Vorbild für Lampen und Hocker benutzen. Das Gegenteil sind Skinny Caps, die sich mit ihren dünnen Strichen besonders für Outlines eignen. Dazwischen liegen vier »Level« und jede Menge Spezialistenversionen. Ausprobieren!

Es kann losgehen. Blättere um und wir fliegen durch die Hood.

Kunstnachhilfe gefällig? Viel Spaß auf Seite 50.

HOODCHECK

Da steht er und brummt mit dem Motor: Super-Schmallop auf seiner 50er mit dem 70er-Kubiksatz. Der King fährt vor, wir mit dem Fittimobil hinterher. Dann heißt es: Cruisen. Noch mal zum Späti Mate, Cola und ne Tafel Schokolade kaufen. Oder zur Post Briefe mit Autogrammkarten einschmeißen. Zu tun gibt's immer irgendwas. Nebenbei fährt man die Graffitiwände in der Umgebung ab. Was gibt's für neue Bilder, was wurde übermalt, wo muss man noch mal ran? Hoodcheck ist wie Cornern auf Rädern. Der Zufall leitet einen direkt zu dem Ort, an dem man Bock hat, ein paar Stunden abzuhängen. Neben den Graffitis ist dabei das Gemeinschaftliche wichtig. Deshalb sind auch Leute willkommen, die gar nicht malen. Die schnappen sich einen Pott Farbe und streichen alte Bilder über. Oder sie kümmern sich bei den Writings der anderen um das Füllen der Innenräume. Meist hat man auch Homies am Start, die zu pleite sind, um eigene Farben zu kaufen, und sich durchschnorren. Ich habe Kumpels, die gehen alle zwei Tage ohne alles zur Hall und malen Bilder für lau mit. So kann man teilen lernen. Egal ob man es mit Farben, einer Flasche Cola oder einer Schachtel Zigaretten tut – man verschenkt dabei gute Laune und Entspannung. So was gleicht sich irgendwann aus.

Apropos Entspannung: Ich hab meine Gründe, warum ich statt an illegalen Wänden, bei denen immer einer Schmiere stehen muss, lieber an der Hall male. Es ist chilliger. Wenn ich auf Tour bin, ist Malen für mich wie Urlaub. Da muss ich nicht noch Stress mit den Bullen haben. Trotzdem ist es mega, was manche Leute für Aktionen machen, um sich mit Graffitis zu verewigen. Da wird übelst geklettert, es werden sechsetagige Menschenpyramiden gebaut, und ein Typ aus Paris funktioniert Feuerlöscher zu Spraydosen um und setzt Riesen-Tags. Adrenalin statt Entspannung. Geschmackssache.

Und was die Gangsterscheiße angeht: Auch ich hab erlebt, dass

Graffitis provozieren. In manchen Ecken reicht es schon, eine Straße langzuziehen und überall hinzutaggen, um Leute zu verärgern, die immer in dem Viertel abhängen. Ich verstehe deren Problem, aber am Ende ist das Besetzen von Stadtvierteln durch Sprayer nicht weniger anti, als wenn Politiker es mit Städten und Ländern tun. Meine Meinung: Bleib easy, und mach dir nichts vor. Es gibt immer Leute, die nicht peacig sind. Mit denen kann man nur umgehen, indem man sie nicht anpisst. Wenn irgendwo ein Typ hundert Tags an die Wand gesetzt hat und man setzt seine eigenen hundert Tags direkt drüber, muss man sich nicht wundern, wenn der andere Probleme macht. Trotzdem lustige Aktion.

Unten ist Platz für Skizzen. Nach einmal Umblättern wartet ein Mural von Teacher Schmallop. Für uns Toys hat er die Fill-in-Räume freigelassen. Stifte zum Ausmalen mitbringen!

Die verschiedenen Street-Art-Methoden warten auf Seite 52.

HYPE
OST KREUZ ZOO
HIP HOP
Juli 2013
FLY WIE EIN FLAMINGO
HiGH!
ABFAH
KANDZORRA
flamingogirls...
VOKAL MATADOR
FANCY
TRINKI
TRINKI
KATZENMASKE
VOLLEGRANATE

DUCKFACE
PLASTIK
H
Bumm Bumm
BRUCE LEE
...WIR HABEN GRÜNE WELLE...
WRRRUM
187
MC FITTI * FELIX KK
reich und schön
VOLLGAS
DER BIBER
WACKEL
QUATSCHEN
SCHMUSEN
KITZELN
MC FITTI IS THE SNEAKER BUM

Wer sich nach der letzten Seite noch fragt, ob Graffitis Kunst oder Schmiererei sind, darf dieses Buch aus dem Fenster schmeißen. Der Rest ist fit für weitere Street-Art-Methoden!

STICKERN

Sticker-Promo ist die kleine Schwester des Taggens. Sie gehört zum Job. Fahrradständer, Mülleimer, Parkbänke ... Aufkleber sind überall ein Hingucker. Das hab ich schon zu Zeiten gemerkt, als MC Fitti noch ein reines Kunstprojekt war. Damals hab ich Steckdosen-Sticker gemacht. Einer davon »klebt« auf **SEITE 4.** Falls du probiert haben solltest, einen Stecker reinzustecken, denk dir nichts dabei. Es sind schon viele Leute auf das Ding reingefallen. Ich hab ohne Scheiß Typen beobachtet, die versucht haben, ihr Handy in einen Steckdosenaufkleber am Laternenmast reinzustöpseln. Mein nächster

Coup waren Sticker mit Arschlöchern. Die hatten nicht den Erfolg des Vorgängers, aber vielleicht war ich nur zur falschen Zeit am falschen Ort. Wenn jemand Passanten sieht, die sich in irgendeiner Form mit einem Arschloch am Mast beschäftigen, soll er sich bitte melden! Wer sein eigenes Fitti-Sticker-Set bestellen will, geht zu www.stickersticker.de.

STENCIL

Sprühschablonen sind etwas umständlicher als Sticker, dafür reißen sie nicht so schnell ab. Es gibt Künstler, die diese Technik auf die Spitze treiben, indem sie ausschattierte Bilder an Wände bringen, die aus der Ferne aussehen wie Fotos. Sie bedienen sich dabei übrigens der gleichen Mittel wie beim Siebdruck (siehe **SEITE 37**). Der wohl berühmteste Schablonen-Experte ist der Brite Banksy, der durch seine Bilder von knutschenden Polizisten und anarchischen Mäusen weltweit gefeiert wird. Krasser Könner, der Mann. Aber wir sind hier nicht in der Meisterklasse, sondern verfeinern nur unsere Tag-Gewohnheiten. Insofern reichen an dieser Stelle auch einfache Schriftzüge, die man mit einem Teppichmesser leicht selbst aus einer Pappe schneiden kann.

PASTE-UP

Was für Tine Wittler Wandtattoos sind, sind für Street-Artisten Paste-Ups. Man könnte die Dinger als größere Sticker oder kleinere Plakate beschreiben und liegt in beiden Fällen richtig. Ein Paste-Up kann von einer unbearbeiteten Zeitungsseite bis zum selbstgemalten Bild alles sein. Die Spezialität ist, dass es in klassischer Plakatiertechnik mit Kleister an Mauern geklebt wird. Um sie von gewöhnlichen Werbeplakaten abzuheben, werden die Motive oft als Konturenplakate ausgeschnitten. Dadurch bekommen besonders Figuren eine plastische Dimension, die einen Stencil-Effekt zur Folge hat.

ADBUSTER

Alles, was man beim Taggen, Stickern, Stenciln und Paste-Uppen gelernt hat, kann man gesammelt in die Dienste des Adbustens stellen. Hier geht es darum, offizielle Werbeplakate durch Veränderung oder Verfremdung zu verarschen. Besonders Adbuster-freundliche Phasen sind Wahlkampfzeiten. Bestimmt hat jeder schon mal Wahlplakate von Politikern gesehen, denen nachträglich eine Brille, ein Bart oder rote Augen gemalt wurden. Das sind in der Regel Adbuster von Amateuren, die sich nicht mehr dabei gedacht haben, als dass sie beim Warten auf die Bahn was zu lachen haben wollten. Es gibt aber auch Profis, die extra Schriften kopieren und Fotos bearbeiten, um damit satirisch verfremdete Werbeslogans oder Markenlogos nachzubauen, die erst beim zweiten Hinsehen als Fake erkennbar sind. Meist passiert das aus systemkritischen Motiven heraus, es kann aber auch einfach zum übelsten Quatschmachen verleiten.

Wer in diesem Buch noch nicht gebastelt hat, bekommt auf der nächsten Seite Input von Do-it-yourself-Guru Rob Boss.

Wer so hart gebastelt hat, dass nichts mehr geht, tankt »Geht nicht, gibt's nicht«-Power auf Seite 58.

MEET THE BOSS

Wenn Jürgen Schmallop der Waldwuffel unter den Graffiti-Künstlern ist, dann ist Rob Boss das Emoticon unter den Landschaftsmalern. Manche sagen, er sei ein Faker und würde nur den 1995 verstorbenen US-Fernsehmaler Bob Ross imitieren, andere halten ihn für dessen rechtmäßige Inkarnation. Schmallop und ich gehören zur zweiten Fraktion, also haben wir Rob gefragt, ob er fürs »Join the Revolution«-Video den Hintergrund für die Segway-Szenen malt. Er hat so lange gebraucht, dass das Video vor dem Bild fertig war. Dafür hat er auf Gage verzichtet und uns stattdessen ein Rob-Boss-Pinsel-Set verkauft. Irgendwie hatte ich das Gefühl, dass er sowieso nur deswegen gekommen war ... Schmallop stellt die Fragen.

Alter, Rob, lange nicht gesehen!
Möchtest du ein Pinselset kaufen? Ich hab zufällig eins dabei.

Nee, danke, ich hab das letzte noch nicht mal benutzt ...
Auch ein Pinselset braucht einen kleinen Freund, der ihm beisteht.

Wir sprechen später drüber. Zeig mal, was du gerade malst?
Ich nenne es »Herbstliche Harmonie«. Eine Berglandschaft, die sich in einem See spiegelt.

Ähnliches Motiv wie beim Videodreh, oder?
Aber da war Sommer. Außerdem: Ein harmonisches Bild braucht einen harmonischen kleinen Freund.

Äh ... Rauchst du eigentlich irgendwas?
Ich finde, an dieser Stelle könnte ein kleiner Ast nicht schaden, oder? Es ist nie zu spät für einen fröhlichen kleinen Ast.

Absolut deiner Meinung!
Herrlich, lass uns Spaß haben. Ich baue diesen fröhlichen Ast genau hierhin. Mitten ins Gras.

Voll dope. Wie kamst du eigentlich zu der Überzeugung, dass in jedem von uns ein Künstler steckt?
Das ist keine Überzeugung, das ist eine Strategie.

Klingt fett. Erklär mal!
Ich habe mit dieser Strategie mehrere Millionen Pinselsets verkauft. Reicht das als Erklärung?

Äh … Leuchtet ein, ja.
Apropos, möchtest du eins?

Was jetzt?
Na, ein Pinselset! Möchtest du eins kaufen?
Ich hab eins bei!

Soll Schmallop ein Pinselset kaufen? Dann musst du einen Pfeffi trinken und zu Seite 42 gehen.

Oder du sagst »Geht nicht, gibt's nicht« und blätterst um.

GEHT NICHT, GIBT'S NICHT

Weil dies der handwerkliche Teil des Buches ist, streue ich einen Exkurs über meine Vergangenheit als Elektroinstallateur und Bühnenbauer ein. Einige finden am Fitti-Hype ja am unglaublichsten, dass da ein Typ aus dem Handwerk ins Showbiz reingerutscht ist. Das sind oft Leute, die große Ehrfurcht vorm Showbiz haben und Handwerker für stulle halten. Bei mir ist das umgekehrt. Für mich ist die Sozialisation in einer ehrlichen Arbeit die Garantie dafür, dass ich den Showbiz-Kram *nicht* allzu ernst nehme. Durch meine Bühnenbauerzeit weiß ich, wie das Fernsehen aus den krassesten Fakes Hochglanz-Effekte rausholt. Und dank meiner Lehre weiß ich, wie Gebäude, die ich betrete, hinter der Fassade aussehen. In jedem Raum stecken Geschichten. Hier hat ein Maurer in den Beton gepisst, da wurden die Steine im Suff schief gesetzt, und mit Sicherheit hat jemand unter dem Putz Botschaften, Tags oder ganze Bilder an die Wand gekritzelt. Ich hab meine halbe Ausbildung damit verbracht, mit Bleistift die Mauern zu bemalen. Sollte Niedersachsen mal von einem Erdbeben durchgeschüttelt werden und überall der Putz von den Wänden fallen, kommen da jede Menge verborgene Fitti-Bilder zum Vorschein.

Worauf ich aber hinauswill, ist die »Geht nicht, gibt's nicht«-Haltung, die ich vor allem im Bühnenbau mitbekommen habe. Davon profitiere ich bis heute. Jeder, der sich mal eine Zeitlang als freier Bühnenbauer durchschlagen musste, weiß, was ich meine. Da kommen Leute zu dir, denen du eine Gitarre bauen sollst, die Flügel hat, in allen Farben blinkt und einen Menschen transportieren kann. Dann stehst du da, hast keine Ahnung, wie das gehen soll, aber fragst dich: Sag ich nein und lasse zu, dass jemand anders den Auftrag bekommt? Oder sag ich ja und lass mir was einfallen? Der Ansatz von mir und meinen Kollegen war von Anfang an: Wir machen *alles* möglich. Also

haben wir meist ja gesagt. Das haben wir fünfmal gemacht, und noch bevor wir uns über die gut gefüllten Auftragsbücher freuen konnten, jagte eine Nonstop-Schicht die nächste. 18 Stunden ackern, zwei Stunden Pause, vier Stunden schlafen und das Ganze wieder von vorne. Wir haben oft nur noch gegackert und mussten aufpassen, dass wir uns nicht die Nägel durch die Finger ballern oder was vergessen. Man will ja nicht, dass Beyoncé bei ihrem großen Auftritt auf der fristgerecht gezimmerten Showbühne durch die Stufen kracht. So was ist mir zum Glück nie passiert.
Wenn etwas nicht passte, waren es meist Kleinigkeiten. Oft bei Kinofilmen, bei denen sehr genau gearbeitet wird. Je nachdem, wie der Szenenbildner es haben will, muss man dann Wohnungen umtapezieren, Möbel zimmern oder doppelte Böden einziehen. Wenn die Ansage ist, alles wird matschbraun, dann ist es die Aufgabe des Kulissenbauers, das umzusetzen. Und wenn eine Wand einen Durchbruch kriegen oder ein Sofa in Moosgrün her soll, muss er das halt bauen. Meist redet noch die Kostümtante rein, weil ihre Kostüme ja zu den Räumlichkeiten passen sollen. Es ist zumindest schwer, alle Beteiligten zu befriedigen. Bei »Das Leben der Anderen« haben wir verkackt. Da musste ein Kabel durch die Wand geschoben und übertapeziert werden. Sinn der Sache war, dass die Tapete von dem Kabel etwas hochgedrückt wird und dadurch für Darsteller und Publikum sichtbar wird, dass hinter der Wand ein Spionagedraht verläuft. Das haben wir aus einem gefrästen Holzbrett gefertigt, wo das Kabel durchgeschoben wurde. Hat auch funktioniert, sah aber irgendwie kacke aus. Auch nach wiederholtem Nachbessern noch. Im fertigen Film wurde das dann nur ganz kurz gezeigt, obwohl es im Drehbuch ein wichtiger Bestandteil war. Gab Ärger damals. Der Film hat trotzdem den Oscar bekommen. Dennoch: 0:1 für den Auftraggeber.
Und damit zu den Erfolgserlebnissen. Die hatten wir ausgerechnet mit den aufwendigen Projekten, bei denen man bis zum letzten Moment unsicher war, ob sie funktionieren. Einmal haben wir Werbe-

trailer für Fernsehsender betreut. Nach dem Motto: Steht ein Geschenk in der Wüste und Kai Pflaume springt raus. Kai Pflaume ist nur ein Beispiel, aber so ein Riesen-Geschenk hab ich wirklich gebaut. Die Vorgabe war: Es sollte eine Person drin stehen können, und wenn man an der Schleife zog, mussten die Wände zur Seite runterklappen. Hört sich gar nicht kompliziert an, oder? Aber wie macht man so was, ohne dass beim Runterklappen der Seitenteile gleichzeitig der Deckel auf den Kopf der Person kracht? Da war Hardcore-Hydraulik und Fernsteuerung gefragt. Hat nach einer Über-drüber-Nachtschicht aber hingehauen. 1:1!

Dann gab es einen Werbespot für Scheibenwischerzusatz. Story: An einer Straße steht eine Reihe PKW, die darauf warten, losfahren zu können. Dann fährt ein LKW vor ihnen durch eine Schlammpfütze, und alle haben eingesaute Scheiben. Kollektives Scheibenwischen, aber nur der mit dem Scheibenwischerzusatz kriegt sein Fenster streifenfrei sauber. Simple Geschichte, schwierige Umsetzung. Denn wie kriegt man eine Riesenpfütze auf die Straße, wenn der Drehort so platt und eben ist wie eine Briefmarke? Wir haben in einem Mega-Akt das Areal mit einem Wall aus Sandsäcken umbaut und dann geflutet. Hurra, eine Pfütze! Oder auch nicht. Denn wegen der Sandsäcke hatte der LKW, der durch sie durchkacheln sollte, keinen Platz, um Fahrt aufzunehmen. Es mussten zusätzlich Holzrampen her, über die der Fahrer in die Grube rein- und wieder rausbrettern konnte. Dafür hat's am Ende richtig gespritzt. 2:1!

Das sprichwörtlich größte Ding, das ich als Kulissenbauer gerissen habe, war ein 30 Meter langer Kanalisationsschacht. Die Darsteller mussten sich darin abseilen, also musste ein richtiger Turm gebaut werden. Riesengerüst mit Gullydeckel obendrauf. Ich werde nie vergessen, wie wir in schwindelerregender Höhe dieses Teil gezimmert haben. Auf einem Steiger hoch über dem Erdboden, während der Wind wie wild pustete. Immerhin hatten wir ein Geländer. Wir waren ja nicht als Rigger engagiert. Trotzdem heftig. Aber erfolgreich.

Damit steht es 3:1 für mich, und wir gönnen uns eine Runde Entspannung beim Studiobau. Studiobau ist der Bürojob unter den Kulissenbauprojekten. Da geht man morgens hin, ackert bis zur Mittagspause, ackert danach noch ne Runde und ist zum Abendessen zu Hause. Das hatte ich bei »Verliebt in Berlin«. Für Serien muss stabil gebaut werden, weil die Kulissen gegebenenfalls ein paar Jahre stehen bleiben. Auf dem Aufgabenplan standen Riesen-Holzwände mit Häuserfassaden, Hintergründe und komplett eingerichtete Wohnungen. Viel Holz im wahrsten Sinne, aber hat Spaß gemacht. Vor allem, wenn ich später im Fernsehen gesehen habe, dass alles voll echt und funktional aussah. In Wirklichkeit ging jede Tür nur zur Hälfte auf, weil dahinter Holzgerüste standen, der Ausblick in den Garten war auf den zweiten Blick nur ein Stoffbanner, und wenn überhaupt mal eine Zimmerdecke ins Bild kam, bestand sie aus einem verschiebbaren Deckel, der nur für Szenen benutzt wurde, bei denen von schräg unten gefilmt werden musste.

Fazit: alles Monsterarbeit, aber trotzdem nur Fake beim Fernsehen. Die Frage ist nur: Guter oder schlechter Fake? Ob das Erste oder Zweite der Fall ist, sehe ich heute immer noch, wenn ich in ein TV-Studio komme. Da denke ich manchmal: »Was'n das für'n Schrott hier?« Damit hätten wir geklärt, warum meine Ehrfurcht vor dem Showbiz ihre Grenzen hat.

Ich sag mal 4:1! Zur Belohnung: Joker ziehen auf Seite 156.

Mehr TV-Action gibt's auf der PR-Tour ab Seite 144.

DER GROSSE FLOTSCH

INNEN, ZWACKEL-PARTY, KÜCHE, NACHT

Das Wegbier ist längst getilgt und die Bande zur Party von Udo Zwackel weitergezogen. Das »Produzentenloft« ist eher eine verrauchte Junggesellenbutze im vierten Stock. Schmallop und Fitti lehnen jeweils mit einer Bierflasche in der Hand an der Fensterbank des geöffneten Küchenfensters und beobachten mit Lasern in den Augen das Gewimmel in der völlig überfüllten Küche. Musik. Irgendein Zwackel-Beat. Raoul tanzt, Izzo auch, Katzenmaske und VM reden gleichzeitig auf ein hübsches Girl ein. Dazwischen alle möglichen Fremden. Nur vom Gastgeber keine Spur. Kurz vor Mitternacht.

FITTI: Wo bleibt denn der Zwackulon? Wir sind jetzt schon über eine Stunde hier, und er hat sich noch nicht blicken lassen.

IZZO *(beugt sich beim Tanzen rüber)*: Vor einer halben Stunde war er noch bei WhatsApp.

FITTI: Wie immer. Aber ich sage euch, das Warten wird sich lohnen. Der Zwackmann hat bestimmt irgendeine geile Überraschung in Arbeit.

SCHMALLOP *(lallt und schwankt etwas)*: Mir ist ganz recht, dass er mich hier nicht sieht. Weißt du noch? Nach der Sache mit dem Piano hat er mir Hausverbot erteilt.

FITTI: Ach, komm, daran erinnert der sich gar nicht mehr. Bist doch der Papa Rider.

SCHMALLOP: Da bin ich mir nicht so sicher. *(Er trinkt einen Schluck)* Scheiße, schon wieder leer.

RAOUL *(reicht Schmallop ein volles Bier):* Hier hast'n Neues!

SCHMALLOP *(guckt erst suchend nach links und rechts, dann schleudert er die leere Flasche hinter sich aus dem Fenster und nimmt Raoul das frische Bier ab)*: Danke, Mann!

Klirren im Innenhof, kurz darauf plärrt eine verärgerte Frauenstimme nach oben

FRAUENSTIMME: Ey, was soll'n das? Könnt ihr nicht aufpassen, ihr Idioten?

SCHMALLOP: Damn, ich hätt's wissen müssen.

Alle fangen an zu lachen.

FITTI: Jetzt vergiss aber nicht deine guten Manieren, Schmallop. Schön Entschuldigung sagen!

SCHMALLOP *(rührt sich nicht von der Stelle)*: Ich dreh mich jetzt nicht um, vergiss es.

FITTI *(guckt hinter sich aus dem Fenster)*: Wieso denn nicht? Die findet dich bestimmt hot.

SCHMALLOP: Alter, ich bin total fichte. Mach du das.

FITTI: Wieso ich?

SCHMALLOP: Weil du schuld bist, dass ich überhaupt hier bin.

In diesem Moment saust im Hinterhof eine Feuerwerksrakete zum Himmel. Gleich darauf eine zweite und dritte, dann knattert eine fette Pyroshow los. Allgemeines Erstaunen. Sogar SCHMALLOP dreht sich um. Schnitt auf die Außenansicht des Fensters, hinter dem sich die Partygäste drängen, deren Gesichter die bunten Blitze der Raketen reflektieren. Ganz vorne stehen FITTI und SCHMALLOP, die jeden Knall mit begeistertem »Peng« und »Bamm« kommentieren.

FITTI: Peng!

SCHMALLOP: Bamm-Bamm, Bäng-Bäng!

FITTI: Ich hab doch gesagt, der Zwackel denkt sich für Mitternacht ne fette Überraschung aus.

SCHMALLOP: Bäng!

FITTI: Was sagst du, Schmallop? Ist doch geil, oder?

SCHMALLOP *(nickt wie in Trance)*: Bamm-Bamm!

FITTI: Und du Trollo hättest der Pyrotante da unten mit deiner Bierflaschengranate fast die Lichter ausgepustet.

SCHMALLOP *(winkt großspurig ab)*: Bäng-Bäng!

In diesem Moment werden die Gesichter von einem letzten besonders hellen Blitz erleuchtet, der zum Erstaunen des Publikums aber lediglich von einem unspektakulären Puffen begleitet wird.

FITTI: Äh ... Flotsch! Das war jetzt aber ein lascher Abschluss-Sound.

SCHMALLOP: Flotsch? Geiles Wort.

In die perplexe Stille tönt das WhatsApp-Palimm. Fitti zückt sein Handy und liest.

FITTI: Zwackel will wissen, ob wir Spaß haben.

SCHMALLOP: Schreib ihm, sein Piano lebt noch.

RAOUL: Klar, erinner ihn noch dran.

IZZO: Frag lieber, wo er ist, der alte Eierkopp!

FITTI: Hab schon zurückgeschrieben: »Flotscht voll ab hier.«

SCHMALLOP: *(kriegt einen Lach-Flash)*

FITTI: Wieso, stimmt doch, oder?

WhatsApp-Palimm!

FITTI *(liest vor)*: Er schreibt »Hier auch!«

RAOUL: Hat der da unten das Feuerwerk mitgezündet?

IZZO: Ich glaub inzwischen, der ist irgendwo anders feiern.

WhatsApp-Palimm!

FITTI *(liest vor)*: »Bin seit zwei Stunden auf dem Klo.«

IZZO: Wieso Klo?

RAOUL: Vögeln?

IZZO: Seit zwei Stunden?

FITTI: Dann war das Feuerwerk gar nicht von ihm, oder was?

WhatsApp-Palimm!

FITTI *(liest vor)*: »Hab das Chili nicht vertragen, Punkt, Punkt, Punkt, Emoticon«

RAOUL: Also hat er doch nicht gevögelt auf dem Klo.

IZZO: Sondern?

SCHMALLOP: Na, was wohl?

Verständnislose Blicke.

SCHMALLOP: Geflotscht!

Er prustet los und kriegt sich nicht wieder ein. Auch der Rest der Gang grinst in dem Bewusstsein, dass hier ein neues tipp-topp-fertiges Fitti-Universalwort geboren wurde. Kamerafahrt in die feiernde Menge, durch die Küche, in den Flur bis zu einer geschlossenen Tür, an der ein »Besetzt«-Schild hängt. Lauter werdender Zwackel-Beat. Black! End-Credit: FLOTSCH!

Wer Udo Zwackel hiernach endlich persönlich in Aktion erleben will, blättert weiter zu Seite 114.

Eine weitere Fitti-Sitcom-Folge gibt's auf Seite 90.

Ich hab mich nicht geirrt. Als ich nach oben gucke, blicke ich in das grinsende Gesicht von MC Izzo. Er ist mit der Ostkreuz-Rettungsmannschaft in einem fabrikfrischen Roflcopter vorbeigeschossen. Alle sind sie dabei: Raoul, VM, Schmallop und Katzenmaske. Auf meine Jungs ist eben Verlass. Ich ergreife das Seil, stoße mich vom Rücken des Delfins ab und schwinge für ein paar Momente Colt-Seavers-A-Team-Tarzanmäßig durch die Luft. Hau rein, Flipper, danke für die Hilfe und bis zum nächsten Mal, denke ich noch, dann zieht Izzo mich auch schon hoch.

Als ich in den Roflcopter krabbele, sind die Mach-mal-mit-Helden voll auf Lachflash. Johlend und brüllend kullert die ganze Bande über den Boden der Kabine. Tausend Liter Lachgas. Rolling on Floor Laughing. Ich schmeiß mich dazu und kichere eine Runde mit. Muss ja. So ein Roflcopter fliegt nur, wenn seine Insassen am Gackern sind. Sobald der Lachflash nachlässt, drehen sich die Propeller langsamer, und das Teil sinkt. Passiert dann auch irgendwann. Von oben gucken wir auf die langsam näher kommende Ostkreuz-Hood. Da, wo normalerweise der Wasserturm steht, ragt die überdimensionierte Pfeffi-Flasche in den Abendhimmel. Die Fontäne ist versiegt, dafür steht immer noch der Flügel am Corner. Ohne den Typen mit der Sixties-Matte und den Kinderchor, stattdessen mit einem bling-bling-blinkenden Tabletcomputer auf dem Deckel. Einer nach dem anderen springt aus dem Roflcopter. Er löst sich mit jedem aussteigenden Passagier weiter in seine Einzelteile auf. Überall schweben ROFLs und LOLs, Slashs und

Klammern, Unterstriche und Gleich-Zeichen durch die Luft, als wären es diese komischen Glühwürmchen aus »Avatar«. Aber ich hab für so was gerade kein Auge. Ich starre nur die Inschrift auf dem Tablet an.

»*LIES DEN BRIEF!*«, steht da in großen grünen Buchstaben.

Erst jetzt fällt mir ein, dass ich noch immer den Umschlag aus der Pfeffi-Flasche in der Hand halte. Hastig reiße ich ihn auf. Eine grün schimmernde Karte kommt zum Vorschein. Die ganze Crew hat sich hinter mir versammelt. Keiner sagt ein Wort. Spannung. Während das letzte ROFL-Glühwürmchen ins Abendrot entschwebt, ziehe ich das smaragdfarbene Stück Papier hervor. Werde ich jetzt erfahren, wie ich in der Pfeffi-Flasche gelandet bin? Oder was es mit dem Chor auf sich hatte? Die Worte sind in krakeliger Kinderschrift aufs Papier gekritzelt. Mein Herz schlägt bis zum Hals, als ich mit übelstem Lampenfieber die knapp formulierte Botschaft entziffere: »*Wie Old School bist du denn? Briefpost? Schon mal was von SMS gehört? Wir melden uns. Hans Delfin und seine Kinder!*«

Hans Delfin und seine ...? Will mich hier einer verarschen, oder was? Bevor ich weiter drüber nachdenken kann, klötert bei neun Telefonen gleichzeitig das WhatsApp-Signal los. Alle zücken ihre Handys und checken die Displays. Auch ich. Da steht: »*Ab sofort auch bei Facebook: Hans Delfin und seine Kinder*«

Neunfaches Facebook-Signal.

»*Folge uns auf Twitter! Hans Delfin und seine ...*«

Zehnfaches Zwitschern!

»*Jetzt mit eigener Soundcloud: Hans Delfin ...*«

Nochmal Facebook!

»Instagram liebt: Hans Delfin ...«

Noch mal WhatsApp!
»*Abonniere unseren YouTube-Channel! Hans …*«
HIIIILFEEEE!
Hab ich das gerade wirklich gerufen oder nur gedacht? Auch darüber nachzugrübeln bleibt keine Zeit. Im nächsten Moment macht sich das Tablet auf dem Flügel selbständig. Der Touchscreen flackert auf, ohne berührt worden zu sein, und ein übelster Dance-Remix des Flipper-Songs wummert los. Meine Crew findet's geil und beginnt sofort zu tanzen. Ich selbst stehe nur verwirrt da und glotze auf den Bildschirm. Es gibt gute Gründe dafür. Denn es ist nur *fast* der normale Flipper-Vorspann, der da zu fetten Beats über den Monitor flimmert. Klar, die körnige Retro-Optik ist die übliche. Auch die Szenenabfolge und die Unterwasserlandschaft am Anfang sind wie im Original. Allerdings ist es nicht Flipper, der da zwischen den Korallen rumschwimmt und einen Jump über die Wasseroberfläche macht. Es ist auch nicht irgendein anderer Delfin. Nein, der Typ, der durch den Vorspann schwimmspringt, ist sozusagen ein alter Bekannter: Das bin ich. Bei genauerem Hinhören fällt mir außerdem auf, dass der Kinderchor einen neuen Text über den Beat hinwegbrüllt.
»Man ruft nur Fitti, Fitti, gleich wird er kommen …«
Bitte nicht, Leute!
»Er ist am Start! Der Mann mit dem Bart«
Och nee! Sogar der Schriftzug vor den Comicwellen wurde in »Fitti« geändert.
»Wir lieben Fitti, Fitti, den Freund aller Hipster«
Wie war das?
»Heut ist beschwipst er, und dreht am Rad!«
Und der ganze Schwachsinn noch mal von vorne. Während der Bumsbeat weiterballert, drehe ich mich wie in Zeitlupe zu

meiner Gang um. Entgeistert sehe ich zu, wie alle raven und sogar mitsingen. »Who the fuck is Hans Delfin?«, blitzt es durch mein Hirn. Direkt hinterher blitzt ein Verdacht, der den einzigen Mann aus der Ostkreuz-Crew trifft, der bei der feiernden Truppe nicht dabei ist. Einen Mann, der mit Bumsbeats Erfahrung hat: Udo Zwackel. Gerade als ich ihn antickern will, biegt ein schwarzer Passat CC mit verspiegelten Scheiben um die Ecke – das Zwack-Mobil. Der Wagen kommt rechts neben mir zum Stehen. Die Hintertür fliegt auf. Eine goldbehandschuhte Faust schnellt aus dem Innern hervor. Sie umklammert eine Flasche Pfeffi.

»Steig ein oder trink!«, grunzt eine rauchige Stimme, die klingt wie eine Mischung aus Zwackel und Darth Vader. Hirnhektik, Ratlosigkeit, Zeitrafferwahrnehmung. Izzo und die anderen sind völlig weggebeamt und scheinen den CC nicht zu bemerken. Die Beats aus dem Innern des Autos decken sich mit denen vom Tablet. Am Horizont prangt statt der Pfeffi-Flasche wieder der Wasserturm. Einsteigen oder trinken? Nix da. Die Frage lautet: Einsteigen oder flüchten? Was würdest du tun?

Wer vor dem Gaga-Inferno wegrennen will, geht zu Seite 122.

Zu Darth Zwackel ins Auto steigen wir auf Seite 148.

TOURBUS-INTRO BY RAOUL

Sommer 2012: Ich hab Urlaub und chille, da kommt dieser Anruf.

»Hey, Raoul, die sind zu fünft auf Tour!«

Hä?

»Fitti und die Boys. Kofferraum voller Konfetti.«

Aha.

»Kein Plan, die Bande. Du hast mehr Tourerfahrung als die alle zusammen. Du hast doch diesen Planwagen, oder?«

Äh … ja.

»Ich flehe dich an, schnapp dir die Karre und fahr hinterher. Erste Station ist Köln. Motto: Besser Späti als nie. Ha ha. Passt ja zu diesem Telefonat. Biste bei?«

Ich weiß nicht mehr, was ich gesagt hab. Ich weiß nur, dass ich ein paar Stunden später auf der Autobahn Richtung Köln kachelte, und der Rest meines Urlaubs übelste Sponti-Action war. Wir haben auf öffentlichen Plätzen Mucke gemacht, bis die Bullen kamen, bei Kumpels auf dem Boden geschlafen, und als Sprit und Geld alle waren, wurde die Show in Stuttgart zum Spendenmarathon umfunktioniert. Pralles Leben und Überleben. Wie Rucksacktourismus im Rock-'n'-Roll-Format.

Und damit Schnitt: Wir beamen uns ein Jahr weiter zur Hits-und-Brummer-Tour 2013: fett beklebter Nightliner, Fünf-Sterne-Hotels, TV-Termine. Es gab sogar Etappen, bei denen ein Privatjet im Spiel war. Übelste High-Class-Action. Ich hab mich wie der geilste Rockstar gefühlt. Dann gab's ein paar Off-Tage. Runterkommen. Durchatmen. Höhenflug drosseln. Und plötzlich … Wieder so ein Anruf:

»Du, die Boys sind beim Bundesvision Song Contest.«

Davon hatte ich gehört.

»Sie müssen allerdings morgen wieder in Hannover sein.«

Okay, das war neu.

»Kannst du sie fahren? Dafür müsstest du sie allerdings in Mannheim abholen.«
Der Rest der Geschichte ist klar, oder? Autobahn. Hektik. Und am nächsten Tag vier verfeierte Gestalten ins Auto schieben, um mit ihnen hoffnungslos verspätet nach Hannover zu rasen. Seit diesem Tag weiß ich, dass der Besser-Späti-als-nie-Style stärker ist als jedes High-Class-Feeling.

Du hast Bock auf Sponti-Action?
Dann blättere einmal um.

High Class gibt's beim
Fernseh-Special auf Seite 144.

DER FITTI-FUHRPARK

Raoul ist am Start, du auch, dann kann's losgehen. Willkommen im Fitti-Fuhrpark. Damit niemand denkt, der Planwagen wäre noch immer der MC-Fitti-Tour-Transporter, stelle ich auf den nächsten sechs Seiten unsere aktuelle Flotte vor.

DER TOUAREG-TOURBUS

Das ist jetzt ein bisschen Museum, aber wenn wir von der »Besser Späti als nie«-Tour sprechen, kommen wir um das Stichwort »Touareg« nicht herum. Der Geländeheizer ist quasi das Ur-Tour-Vehikel der Ostkreuz-Crew. Er war schon vor dem Planwagen da. In Mega-Komfort-Ausstattung. Klingt wie ein Widerspruch zur Lo-Fi-Sponti-Legende? Stimmt, aber das lässt sich erklären. Der »Besser Späti als nie«-Plan sah vor, ein Auto für eine Woche »Probe zu fahren« und damit die Tour abzureißen. Eigentlich wollte ich dafür einen Geländewagen haben, bei dem man die Ladefläche als Bühne benutzen kann. Aber dann kam ich zu meinem Händler, und er meinte: »Fitti, ich hab mir dein 30-Grad-Video angesehen. Alter, ich hab mich so kaputtgelacht, dass ich mein iPad auf die Erde geschmissen hab.«
Ich so: »Oh, tut mir leid. Kaputt?«
Er: »Nee, das iPad nicht. Aber das Auto, das du kriegen solltest, ist leider im Arsch. Tut mir leid.«
Mir ist übelst das Herz in die Hose gerutscht. Vor meinem inneren Auge sah ich die ganze Aktion schon ins Wasser fallen. Kein Auto, keine Tour. Aber da kam schon Zwinker-Zwinker.
Er: »Nu guck nicht so geschockt. Nachdem ich das Video gesehen habe, finde ich, dass das bestellte Auto auch nicht zu dir gepasst hätte. Ich hab was anderes, komm mal mit.«

Dann zog er mich um die nächste Ecke, und da stand der allergrößte Touareg mit der geilsten Ausstattung. Zack! Damit bin ich vom Hof gerollt. Und zum Innsbrucker Platz, wo ich Vokalmatador eingesammelt habe. Und nach Köln zum ersten Konzert und so weiter. Wir haben das voll gefeiert. Ich, der vorher immer nur Gebrauchtwagen gefahren war, gurkte mit dieser Luxuskutsche durch die Lande. Totales Highlight. Es hatte nur den kleinen Nachteil: Das Ding hat Sprit gefressen ohne Ende. Und Geld war wie gesagt knapp. So kam es zu der Stuttgarter Sammelshow, von der Raoul bereits erzählt hat. Insofern kommt bei mir bis heute ein saugeiles »Besser Späti als nie«-Gefühl hoch, sobald ich mich in einen Touareg setze. Wer Ursachenforschung betreiben will, macht's einfach nach.

FITTIMOBIL

Es gibt auch Off-Zeiten, also konzertfreie Phasen, in denen wir von A nach B kommen müssen. B? Was B ist? Der Späti, die Hall of Fame oder das Zwackel-Studio zum Beispiel. Um dort hinzufahren, gibt es das Fittimobil: einen Bulli, der das ganze Jahr für die Crew im Einsatz ist. Sechs Sitze, dicke Anlage und Sitzbelüftung! Vor allem aber ist ein Außen-Feature sowohl zum Markenzeichen des Fittimobils als auch zum Markenzeichen von MC Fitti allgemein geworden: die Folierung, mit der wir unsere Autos zu Merch-Karren umkleben. Folieren ist für mich die perfekte Mischung aus Siebdruck und Stickern. Man branded sein Auto ganz klar als offizielles Gefährt der Crew, aber man hat trotzdem die Möglichkeit, das Motiv jederzeit zu entfernen und zu ersetzen. Deshalb kriegt das Fittimobil auch zu jeder Tour und jeder Entwicklungsstufe des Fitti-Fames ein freshes Außendesign. Einen optischen Eindruck gibt's auf der nächsten Seite. Danach geht's mit Limousine und Nightliner weiter.

FUHRPARK

B-MCF

MMXIV

ABB. 1 LIMOUSINE / VW

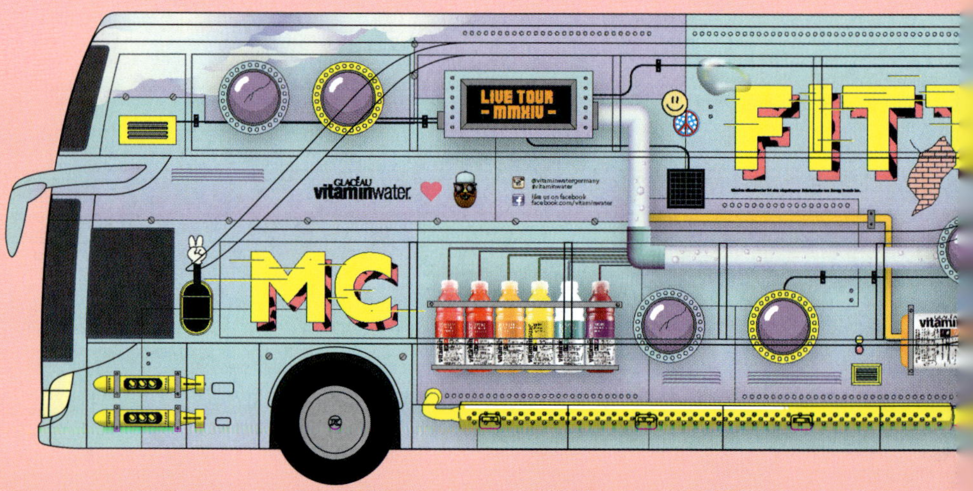

ABB. 2 NIGHTLINER / SETRA

ABB. 3 T5 MULTIVAN / VW

ABB. 4 TOUAREG / VW

FUHRPARK

B-MCF

MMXIV

FITTI-LIMO

Das Fahrzeug für gewisse Stunden! Staatsempfang, Echo, Audienz beim Papst – zu solchen Anlässen kommt die Fittimousine zum Einsatz. Die technischen Daten: drei Achsen, 8,5 Meter, 180 PS. Das Special: Es ist kein protziger Chrysler und auch kein dicker Lincoln, der da auf Länge gebracht wurde, sondern ein ehrlicher VW-Bus T3. Voll Fitti-Style also. Um bei der Wahrheit zu bleiben, muss ich zugeben, dass wir die Kutsche weder selbst erfunden noch wirklich in der Garage stehen haben. Sie ist ein echtes Einzelstück, das von den Jungs beim Berliner KFZ-Betrieb »Die Werkstatt« aus acht Einzelfahrzeugen zusammengeschraubt wurde. Sie weisen immer stolz darauf hin, dass sie 3000 Arbeitsstunden in das Ding investiert haben. Ich hab mal nachgerechnet. Das bedeutet 125 Tage am Stück durcharbeiten. Oder 250 Tage mit Zwölf-Stunden-Schichten. Krasse Sache. Aber definitiv ein Dienst an der Allgemeinheit, weil die Jungs ihre T3-Limo inzwischen vermieten. Wenn's was zu representen gibt, schlägt die Mach-mal-mit-Bande da natürlich zu. Großes Straßenkino, das von innen fast noch geiler kommt als von außen: Bar, Playstation, Fernseher, Limochat, Limoadmin für GL-Management ... Aber zur Innenausstattung wollte ich ja später kommen, deshalb erst mal weiter zum Nightliner.

NIGHTLINER

Wir dringen zum Kern des Kapitels vor und entern das Fahrzeug, in dem ich mit meinen Jungs auf Tour wirklich viel Zeit verbringe. Der Nightliner ist der Touareg des Post-Geilon-Zeitalters. Ein Vier-Sterne-Hotel auf Rädern, das meist erst nachts richtig Stoff geben darf und das brummende Beispiel für das Endlos-Potenzial der Vollfolierung ist. Weil die Scheiben dieser Wohnbusse sowieso getönt sind, kann man ohne Bedenken noch eine Extraschicht raufballern. Haben wir bei den letzten Touren exzessiv getan. Angefangen hat es noch recht bescheiden mit ein paar Fotos und einer Riesenbrille, aber inzwischen sind die MC-Fitti-Nightliner Kunstwerke für sich. Deko-Büchsen mit Rock 'n' Roll unter der Haube. Mobile Kunstobjekte im öffentlichen Raum. 3-D-Promobanner für die Autobahn. Alter, man möchte durchdrehen, so schön sind die. Warum hat Matchbox denen eigentlich noch keine Sammleredition gewidmet? Vielleicht sollte ich das selber tun. Ich notier mir das mal für die Zukunft. Du kannst dich so lange für die nächste Destination entscheiden.

So weit zur Fuhrpark-Profivariante, die aber nichts an meiner Meinung ändert, dass jedes Auto ein Tourbus ist. Man muss es nur dazu machen. Wie das geht, steht auf Seite 86!

Wer Fernweh hat, verschafft sich nach einmal Umblättern einen Überblick mit der Landkarte der Fitti-Hotspots.

DIE *Geilen* GEOGRAFIE D

DIE GEILON-GEOGRAFIE

Die Fitti-Hot-Spots könnten ein Extrabuch füllen. Da wären dann auch Schweiz, Österreich, Luxemburg, Dubai und Nairobi drin. Um mich nicht zu verzetteln, konzentriere ich mich hier auf Deutschland als Flickenteppich der ersten Male. Mach-mal-mit-Helden kriegen Aufgaben, die sie beim Abfahren der Spots lösen können.

1 *HAMBURG*

In Hamburg bin ich zum Promi geworden. Es gab eine Fashionshow vom Frontlineshop. Fettes Ding mit Shuttle-Service und so. Wir wurden in einer Rosa-Metallic-A-Klasse abgeholt. Voll Flamingo. Auf der Veranstaltung haben wir Jimmy Blue Ochsenknecht kennengelernt, der ein Twitter-Foto gemacht hat. Voll Society. Im Hotelzimmer bin ich vor Begeisterung aufs Bett gehüpft, und der Lattenrost ist durchgekracht. Voll Rock 'n' Roll. Am nächsten Tag war das Foto von Jimmy Blue und mir auf *Bunte.de*. Darunter stand der Satz: »Wer ist der mysteriöse Bärtige neben Jimmy Blue Ochsenknecht?« Voll Promi. Beim nächsten Hamburg-Trip bitte so lange auf dem Bett rumhüpfen, bis der Lattenrost bricht!

2 *BRAUNSCHWEIG*

Im Sommer 2012 haben wir auf dem Weg von Hannover nach Braunschweig spontan bei Facebook gepostet: »Lass mal cornern an der Bushalte Kastanienallee, Ecke Altewiekring«. Als wir ankamen, standen da 50 Leute. Einige waren extra aus Wolfsburg angereist. Die wollten Mucke hören, aber wir hatten die Anlage im Auto gelassen. Also haben wir fünfmal hintereinander »30 Grad« a cappella gerappt. Nachmachen!

3 CHEMNITZ

»Karl-Marx-Stadt« ist dank unserer Freunde von Kraftklub zur regelrechten Musikmetropole geworden. Das hat auch das Stadtmarketing mitbekommen und die Aktion »Rock am Kopp« ins Leben gerufen, bei der Konzerte vor dem Riesen-Karl-Marx-Kopf gegenüber der Stadthalle organisiert werden. Mich haben sie angeblich eingeladen, weil mein Style sie an den Rauschebart des Denkmals erinnert. Soll mir recht sein. Eine Gänsehaut-Show war's. Wenn du hinkommst: Selfie mit Kalli.

4 DORTMUND

Juicy Beats Festival 2013 im Westfalenpark: Es muss der heißeste Tag des Jahres gewesen sein. Beim Auftritt ballerte die Sonne direkt auf die Bühne. Zwischen den Songs bin ich immer nur zum Bühnenrand gelaufen und hab mir Wasser über den Kopf kippen lassen. Glucki, glucki. Nach der Show: Fertig, aber glücklich hinterm Fittimobil im Schatten gelegen und Sonnenbrand gehabt! Aufgabe: Hinfahren und eine Flasche Wasser ins T-Shirt kippen!

5 KÖLN

Auch für Support-Gigs gibt es ein erstes Mal. Meiner war am 28. Dezember 2013 in Köln. Wir waren Vorgruppe für Fettes Brot. Wegen der großen Halle war das ganz schön aufregend. Außerdem wusste man ja nicht, wie die Brote-Fans auf uns reagieren würden. Sie haben mega reagiert, und ich hab mich ordentlich ins Zeug gelegt. Mit dem Erfolg, dass beim Auftritt meine Hose gerissen ist. Ratsch, einmal voll durch im Schritt. Trotzdem weitergemacht. Danach geflickt und die komplette Tour über angehabt. Fette Hose. Dein Job für Köln: Vor die Lanxess-Arena stellen und eine Hose flicken!

6 MÜNCHEN

Bei unserer ersten München-Show haben wir gleich eine Legende erobert: das P1. In den Achtzigern war der Laden der Über-Drüber-Society-Club mit den härtesten Türstehern des Landes und hoher Promidichte. Kurt Russel, Mickey Rourke, Mick Jagger – alle waren sie da. Nur Klaus Meine von den Scorpions ist rausgeflogen, weil sein Style zu scheiße war. Was sagt man dazu? Am besten nur: Uns haben sie reingelassen und wir haben die Hälfte der Show Polonaise durchs Publikum gemacht. Das Geilste waren allerdings die Boys-Toiletten: Pissoirs, die in Baumstämme eingelassen waren. Das schönste Klo Deutschlands. Hinfahren und pinkeln. Den Girls, die mitmachen, geb ich beim nächsten München-Gig einen aus.

7 BREMEN

Big in Bremen! Bei der 64. Ausgabe von »The Dome« sind wir nicht nur zum ersten und vermutlich letzten Mal in einem Musical-Theater aufgetreten, sondern auch zum ersten Mal im Fernsehen. Für die gesammelte Mannschaft eine Superparty, über die die Flamingo-Girls später noch schnattern werden. An dieser Stelle nur so viel: Weil's die Adventsausgabe war, war ich beim Finale als Santa Clause on Stage. Stell dich mit Weihnachtsmannmütze vors Musical-Theater und sing »Stille Nacht«.

8 MANNHEIM

Härter hab ich nie gebattelt. Beim Bundesvision Song Contest in der SAP-Arena Mannheim gab's Green-Screen-Klamotten, Extra-Konfetti und immerhin Platz drei. Vor allem aber gab's ein Backstage-Kräftemessen mit MC Izzo, dem wir 500 Euro geboten haben, wenn er im Flamingo-Tutu auf die Bühne geht. Er hat's nicht gemacht, aber du darfst dreimal raten, was deine Aufgabe für Mannheim ist.

9 CELLE

Celle ist die Heimat von Katzenmaske und der Ort, wo wir uns zum ersten Mal getroffen haben. Also: auf immer heilig, auch wenn viele Locations, in denen früher die Jams stattfanden, inzwischen dichtgemacht haben. Hinfahren und gegen Diskothekensterben demonstrieren.

10 FERROPOLIS/GRÄFENHAINICHEN

Ferropolis ist auch ohne Erlebnis ein Erlebnis. Stadt aus Eisen, ehemaliger Braunkohletagebau, heute Freilichtmuseum und Festivalgelände mit gigantischen Schaufelradbaggern. Mega Weltraum! Wir waren im Sommer 2012 da und haben beim Melt-Festival auf einer Bühne gespielt, die nur Strom hatte, wenn das Publikum auf Trimm-dich-Rädern in die Pedale getreten hat. Ohne Treten keine Musik. Die Truppe hat fleißig gestrampelt. Lustige Show. Ich dachte die ganze Zeit, wir wären beim Splash-Festival, und hab das auch gesagt. Hat aber keinen gestört. Superchillo. Ein Jahr später: Rückkehr nach Ferropolis. Diesmal wirklich fürs Splash! Hipster-Cup! Hinfahren und abstrampeln!

11 HANNOVER

»Besser Späti als nie«-Show auf dem Lindener Marktplatz. Großes Highlight der Tour. 400 Leute. Der ganze Platz war voller Konfetti. Mussten wir am Ende vor den Bullen flüchten? Scheiß drauf, verdrängt. Das Konfetti haben sie inzwischen weggefegt. Wenn du vorbeifährst, schmeiß neues hin!

12 STUTTGART

Stuttgart ist nicht Stuttgart, sondern die Heimat des Wulle-Wunders. Raoul hat's erwähnt, ich hab's erwähnt, deshalb muss ich's hier nicht noch mal erzählen. Jedenfalls war's ein megageheimes Wohltätigkeitskonzert zugunsten des Weiterlaufens unserer Tour. Wir haben nur gepostet, wo die Leute aussteigen oder parken müssen, von da aus war der Weg zur Location mit Konfetti vorgestreut. Schön war's da. Bisschen punkig, wagenburgmäßig, mit Discokugel und selbstgebauter Bühne. Außerdem haben wir kistenweise Wulle-Bier gespendet bekommen. Im Gedenken an diesen Abend trinke ich jetzt bei jedem Stuttgart-Besuch eine Flasche Wulle auf Ex. Das ist ab sofort auch dein Job.

13 LINGEN

Bis ich die EmslandArena in Lingen selbst vollkriege, dauert es wohl noch ein bisschen, aber beim Konzert von Fettes Brot war die Bude dicht. Der Megaspaß war allerdings die Zeit vorm Einlass. Da sind wir mit Skateboards in der Halle rumgeschossen. Frisch geschliffener Betonboden. Ging ab wie Schmidts Katze. Wer sein Board an der Security vorbeikriegt, muss es unbedingt ausprobieren. Der Rest macht ein paar Flips vor der Halle.

14 FRANKFURT

Bei der »Hits & Brummer«-Tour standen wir nach dem Konzert in Frankfurt mit der ganzen Mannschaft vorm Fitti-Nightliner und haben vor der Abfahrt einen Ast geraucht. In dem Moment näherte sich im Schneckentempo ein Polizeiwagen, der neben dem Bus stehenblieb. Raoul hat die Kippe ausgetreten und mich in den Bus geschubst.

Kurz darauf kam er mir mit Leichenbittermiene hinterher: »Ey, du sollst mal rauskommen, bitte.« Ich voll angepisst: »Alter, machen die Ärger wegen des Joints, oder was?« Da hat er losgelacht und meinte: »Nee, die wollen ein Selfie mit dir.« Jetzt kommst du: Beim nächsten Frankfurtbesuch bitte ein Selfie mit einem Polizisten machen.

15 *BERLIN*

Okay, hier ist die Base. Da gibt's Storys ohne Ende, aber die Location der ersten MC-Fitti-Show gibt's nicht mehr. Die war im Kater Holzig in der Michaelikirchstraße. Der Laden hat Anfang 2014 dichtgemacht, weil das Haus abgerissen und ein Event-Center hingebaut wird. Es gab eine große Abschiedsparty mit Feuerwerk über der Spree. Hingehen und eine Rakete zünden.

So weit zur Geschichte und zurück zur Gegenwart. Auf der nächsten Seite erfährst du, wie der Tourbus zum Zuhause wird.

Wer vom Reisen die Schnauze voll hat, trinkt einen Pfeffi und geht zu Seite 42.

Jetzt bist du dran! Mach deine persönliche Tour de Fitti und setz bei jeder erledigten Station einen Haken!

DEINE *Geilon* GEOGRAFIE

D

DEIN TOURBUS UND DU

Für mich ist jedes Auto ein Tourbus, egal ob LKW oder Mini. Jeder gurkt mit seiner Karre durch die Gegend, um Kumpels zu besuchen, Jobs zu erledigen oder Sachen abzuliefern. Das sind die Shows des Alltags. Damit ist das Auto der Tourbus des Alltags. Für einen Tourbus ist es wichtig, dass man ihn zum eigenen Territorium macht. Man muss ihn mit ein paar Gegenständen ausstatten, zu denen man einen persönlichen Bezug hat. Solche Dinge sind gut fürs Karma und funktionieren als Glücksbringer. Sie können einen im Stress auch daran erinnern, wo man herkommt und dass gute Laune nur eine Frage der Einstellung ist. Bestes Beispiel dafür war die Vogelspinne auf meiner Konsole.

Als ich nach Berlin gezogen bin, hat mir ein Kumpel aus der Heimat seine Vogelspinne vermacht. Nennen wir sie Speedy. Eigenartiges Geschenk, aber er hat's sicher gut gemeint. Ich bin also mit Speedy in meine Berliner Fabriketagen-Künstler-WG Zentrum eingerückt und hab das Tier erst mal vor sich hin dösen lassen. Vogelspinnen sind ja ziemlich chillo. Bewegen sich nicht viel, fressen nur einmal die Woche ein paar Insekten und hängen sonst vor allem rum. Was sie als tropische Tiere allerdings unbedingt brauchen, ist Wärme. Aber das wusste ich damals nicht. So kam der Winter, und unser Loft kühlte mit jedem Tag, den es kälter wurde, mehr aus. Das war unvermeidlich, denn die 250-Quadratmeter-Fabriketage hatte zwar eine Heizung, aber die haben wir ums Verrecken nicht angestellt. Bei der beschissenen Fensterisolierung wäre sowieso die Hälfte der Wärme verpufft, und wir hätten uns anschließend dumm und wund gezahlt. Ging nicht. Keiner von uns hatte Geld oder wurde von Papi finanziert, also haben wir uns Öfen aus Kerzen und Holz gebaut und überall Decken ausgelegt. Sparmodus. Dafür standen wir auf eigenen Beinen. Auch Speedy. Die stand

nach einer Weile allerdings auch hartnäckig an der gleichen Stelle ihres Terrariums. Auf Heuschrecken hatte sie irgendwie auch keinen Bock mehr. Und wenn ich sie mit einem Bleistift am Bein gekitzelt hab, hat sie überhaupt nicht gelacht. Okay, taktloser Scherz. Denn auch wenn ich anfangs noch tapfer verdrängt habe, dass nach Umzug und Kälte vielleicht ein verfrühter Vogelspinnentod eingesetzt haben könnte, war doch klar, dass etwas nicht stimmte. Also hab ich Speedy in ein Gurkenglas gesetzt, um zum Tierarzt zu fahren. Dieses Gurkenglas rutschte auf der Fahrt in einer scharfen Kurve vom Beifahrersitz und rollte unter den Sitz. Nachdem Speedy auch diese Erschütterung ohne den Hauch einer Regung ertrug, musste auch ich einsehen: Das Loft hatte mich am Leben gelassen, aber das der Vogelspinne genommen. Was nun? Wegschmeißen? Einmotten? Begraben? Hab ich alles nicht übers Herz gebracht. Das Tier war ja immerhin das Geschenk eines guten Freundes.
Also – und damit kommt eine lange Laberschleife endlich an ihren Ausgangspunkt zurück – habe ich das Gurkenglas mit der Spinne mit beidseitigem Klebeband auf der Konsole festgeklebt und als Glücksbringer im Auto behalten. Irgendwann ist es noch mal runtergefallen. Da ist eine Ecke rausgebrochen, durch die dann immer die Spinnenbeine rutschten. Das fand ich dann doch gruselig und hab die Stelle mit Gaffer-Tape geflickt. So sind wir Freunde geblieben, Speedy und ich. Und auch wenn sie infolge mehrerer Autowechsel inzwischen nicht mehr im Fittimobil mitfährt, sondern irgendwo im Keller vor sich hin chillt, werde ich ihr demnächst mal ein Facebook-Profil einrichten.

Genug im Auto gesessen?
Dann ab zum Frühsport auf Seite 90.

Es treibt dich direkt auf die Bühne?
Tourfotos gibt's auf der nächsten Seite.

FITTI
MC
LIFE
EAZY
ÚSTECKÝ
KRAJ
ČESKÁ
REPUBLIKA
EAZY
JUICY
21h
#SELFIE4FITTI
13
GÖNNDIR
VOKALMATADOR
ZWEGAT
IZZO
RAWHOOL
FITTI

TREPPE
STAIRS
ARENA
BACK
STAGE
AUSSERHAUSVERKAUF
ON THE RUN
Miele
10
21
22

DAS GROSSE RENNEN

AUSSEN, TOURBUS-PARKPLATZ, TAG

Die Crew ist in einer neuen Stadt gelandet, und alle haben sich vorm Nightliner zum Frühsport versammelt. Beziehungsweise alle bis auf Udo Zwackel, dessen Erscheinen in der geöffneten Cockpit-Tür noch aussteht. Der folgende Dialog wird gesprochen, während die Protagonisten auf der Stelle joggen. Aufwärmen! Zu Beginn der Folge drückt FITTI an seiner G-Shock eine Taste. Am Bildrand leuchtet ein Countdown auf, der vom Anfangsstand 00:00:00:00 millisekundenweise aufwärts zählt.

FITTI*:* Okay, die Zeit läuft. Neues Rennen, neuer Rekord.
IZZO: Was war noch mal der Rekord?
FITTI: 17 Minuten. Gestern in Düsseldorf.
SCHMALLOP: Quatsch, ich hatte mindestens 19 Minuten.
RAOUL: Nur weil du zwischendurch im Gebüsch schiffen warst.
SCHMALLOP: Das war kein Gebüsch, es war ein Baum.
KATZENMASKE: Eine Platane auf der Königsallee. Total stylo.
FITTI: Geht trotzdem von der Zeit ab. Wo bleibt die alte Zwackel-Gurke? Hab schon zweimal gerufen.
RAOUL *(brüllt in die geöffnete Nightliner-Tür)*: Zwackel, gib Stoff, sonst laufen wir ohne dich.
VM: Nix da! Der ist doch froh, wenn er sich drücken kann.
SCHMALLOP: Recht hat er. Wer hatte überhaupt die behämmerte die Idee mit der Lauferei.
DER REST: Ich!

FITTI: Ach nee ... Auf einmal sind es alle gewesen. Dabei musste die Katze am ersten Morgen noch aus der Koje gezerrt werden.

KATZENMASKE: Aber nicht wegen Laufen! Wegen Handyverbot.

VM: Handyverbot war Fittis Idee.

FITTI: Alter, übelst vorwurfsvoller Unterton. Ich finde, das muss gehen. Halbe Stunde am Tag ohne Handy kann man ja wohl noch aushalten.

IZZO: Ich dachte 17 Minuten ...?

VM: Er meint, wir steigern uns bis Tourende auf eine halbe Stunde.

KATZENMASKE: Puh, halbe Stunde offline?

FITTI: Apropos: Habt ihr eure Handys im Bus gelassen?

Eifriges Nicken bei den restlichen Anwesenden.

FITTI: Na, bitte. Und ihr seht trotzdem ganz komplett aus.

SCHMALLOP: Das täuscht.

FITTI: Heul nicht rum.

KATZENMASKE: Und was ist, wenn unterwegs einer verunglückt?

FITTI: Dann halten wir basicmäßig und ehrlich ein Auto an.

VM: Und wenn wir uns verirren? Wie finden wir zurück ohne Navi?

FITTI: Sind wir hier bei Hänsel und Gretel? Ich hab GPS in der G-Shock.

RAOUL: Aber Jogger-Apps kitzeln mit Motivatoren das Rekordfieber.

FITTI: Alter, mach mal ne Digital-Diät.

RAOUL: Ne was?

FITTI: Digital-Diät! Mit Menthal-App. Damit kannst du dir die Smartphone-Sucht abtrainieren. Ihr seid doch total druff. Wahrscheinlich richtig mit Realitätsverlust und Daddel-Daumen und Phantom-Klingeln und so. Ist doch voll easy, mal ein paar Stunden das Handy wegzulassen. Beim Joggen nervt es doch sowieso nur.

WhatsApp-Palimm. Alle stutzen, aber laufen artig weiter auf der Stelle.

RAOUL: Äh … Wo kam das jetzt her?

FITTI *(scheinheilig)*: Was denn?

RAOUL: Hast du's nicht gehört, oder was?

Wieder WhatsApp-Palimm. Diesmal hat FITTI es sichtlich eilig, die Aufmerksamkeit in eine andere Richtung zu lenken.

FITTI: Alter, wo bleibt der denn? ZWACKEL! BITTE KOMMEN!

FITTI tänzelt Richtung Bus. Vor der geöffneten Tür klatscht er rhythmisch in die Hände, wiederholt seine Rufe in ansteigender Lautstärke und jumpt auf und ab. Dabei dreht er den anderen den Rücken zu und merkt nicht, dass durch die Hüpferei sein Smartphone aus der Hosentasche rutscht und zu Boden fällt. Die restlichen vier glotzen das Gerät entgeistert an. Keiner sagt ein Wort. Auch nicht, als FITTI sich hüpfend zu ihnen umdreht. Für einen Moment hält er inne.

FITTI: Was ist denn mit euch los? Nehmt mal den Stock aus dem Arsch.

Erneutes WhatsApp-Palimm!

FITTI *(hastig und übertrieben laut)*: Los macht mit! ZWACKEL WACH AUF! ZWACKEL WACH AUF!

Während er sich wieder umdreht und vor der Bustür rumhüpft, hebt VM das Smartphone auf und studiert das Display. Dann brüllt er über FITTIS »Zwackel wach auf«-Rufe hinweg:

VM: KANNST AUFHÖREN, FITTI! ER IST SCHON WACH!

FITTI *(dreht sich irritiert um)*: Woher weißt du das?

VM *(zeigt aufs Smartphone)*: Er hat ne Nachricht geschrieben!

FITTI: Alter, VM, ich hab gesagt, keine Handys.

RAOUL: Das ist nicht *sein* Handy.

FITTI: Kein Handy heißt kein Handy – egal ob eigenes oder Fremdgerät.

KATZENMASKE: Fremdgerät? Komm mal klar! Das ist *dein* Handy, Mann.

FITTI: Meins? *Er klopft die Taschen seiner Jogginghose ab. Als er merkt, dass das Telefon fehlt, geht er zu VM und guckt ihm über die Schulter.* Tatsache! Und was sagt Zwackel?

VM *(liest vor)*: Erste Nachricht: »Udo Zwackel sagt: In Zukunft, vor der Abfahrt durchzählen!«

DER REST: Hä?

VM: Zweite Nachricht: »Udo Zwackel sagt: In Düsseldorf ordentlich durchgezwackelt!«

DER REST: Ach, du Scheiße!

VM: Dritte Nachricht: »Udo Zwackel sagt: Komme mit dem Zug nach.«

RAOUL: Alter, wir haben den Zwackel in Düsseldorf vergessen? Wie peinlich ist das denn?

KATZENMASKE: Ich find viel peinlicher, dass unser Digital-Diät-Papst seine eigenen Frühsport-Gesetze unterwandert!

FITTI: Was kann ich dafür, wenn VM mein Handy zockt?

Alle sind angesichts der dreisten Reaktion sprachlos, doch FITTI nimmt VM ohne Reue das Telefon ab. Im gleichen Moment piepst seine G-Shock, und der Countdown am Bildrand landet bei 00:17:10:00.

FITTI: Jo! Rekord mit 17 Minuten, 10 Sekunden! Genug gelaufen.

IZZO: Genug gelaufen? Wir haben doch noch gar nicht angefangen.

FITTI: Ist okay. Ich seh ja, dass Schmallop schon wieder schiffen muss.

SCHMALLOP: Quatsch! Ich muss nicht schiffen.

Aber FITTI hört die Antwort nicht mehr. Kichernd tippt er auf seinem Handy-Display herum. Ein Palimm jagt das nächste. Im Hintergrund der Rest der Crew: Erst schütteln alle entgeistert den Kopf, dann öffnen sie gleichzeitig die Reißverschlüsse ihrer Trainingsjacken und ziehen aus den Innentaschen ihre versteckten Handys hervor. Kurz darauf: tippen, kichern und Palimm hoch fünf. Darüber wird die 00:17:10:00 vom Bildrand blinkend größer, bis sie den Bildschirm ausfüllt. Black!

Noch eine Fitcom-Folge gefällig?
Dann blättere vor zu Seite 106.

Du lässt dich nicht verarschen, hast die Zeit genommen und gemerkt, dass man mit diesem Dialog nie und nimmer 17:10 Minuten vollkriegt? Gut aufgepasst!
Joker ziehen auf Seite 156.

FLIPPER FLOW

KONFETTIALARM

Beim Öffnen des Briefumschlags passiert etwas Merkwürdiges: Mit dem ersten Riss, der das algengrüne Papier durchtrennt, verschwindet alles um mich herum, kein Himmel, kein Ostkreuz, kein Pfeffi mehr. Selbst die Grenze zwischen Boden und oben ist aufgehoben. Unter, über, neben mir gibt es nur noch pastellfarbenes Leuchten in allen Tönen der Montana-Palette. Ganz schick. Aber auch beunruhigend – vor allem als ich merke, dass mit jedem Millimeter, den ich den Umschlag weiter auftrenne, auch mein eigener Körper in zwei Hälften zerteilt wird. Kein Scheiß! Von oben nach unten. Einmal in der Mitte durch. Tut nicht weh. Kitzelt nur. Und weil es jetzt zu spät ist für Skrupel, reiße ich weiter. Als die Umschlagkante durch ist, stehen zwei autonome Fitti-Hälften Seite an Seite – und nach ein paar Hüpfern einander gegenüber. Und nun? Zwei Hälften für ein Hallelujah!

Links (also ich) hält den Umschlag hoch. Die Botschaft muss die andere Hälfte bergen. »Alter, zieh mal den Zettel raus«, rufe ich nach drüben. Kichern! Aber ich werde verstanden. Meine ehemalige rechte Hand zieht die Karte hervor und entziffert stumm deren Nachricht. Ich lese laut meine Seite vor: »KONFETTIALARM!« Hä? Im Umschlag ist kein Konfetti. »Was steht'n bei dir?«, frage ich. Wieder Kichern …

Hört sich dope an, wenn Links spricht. Voll dünne Stimme. Aber ich höre jetzt ja auch mono. »Konfettialarm« hat er gesagt? Dann bin ich dran: »Zerreiß die Karte und mach selbst Konfetti!«, lese ich vor. Wir sehen uns an. Dann spuren wir. Ich halte den Zettel, Links reißt ihn in der Mitte durch – und wird dabei selbst an der Hüfte geteilt. Zwischenstand: zwei Beine, zwei Oberkörperhälften. Action!

Torso links:
Kartenhälften fertig zum Doppel-Riss?

Bein links:
Strecken ohne Körper! Das ist Beinfreiheit.

Torso rechts:
Wo kommt die Mucke her? Yo, das ist ›Yolo‹!

Bein rechts:
Discoschnupfen! Yeah, noch mal reißen bitte!

Kopf: YOLO

Torso: Schockt

Knie: YOLO

Fuß: Rockt

Arm: YOLO

Arsch: Hippie!

Hand: YOLO

Bauch: Dippie

L O O Y L O O

Finger: YOLO

L

Kinn: YOLO!

Brust: YOLO

L L

Steiß: YOLO!

Hüfte: YOLO!

Wange: YOLO!

O

Auge: YOLO!

Y Y

Ohr: YOLO

Stirn: YOLO!

Hals: YOLO

Y L

Po: YOLO!

Y O O

Wade: YOLO

Zeh: YOLO!

O

Nase: YOLO!

Ferse: YOLO

Y Y L Y L L

Rücken: YOLO!

Y O Y

ENDE

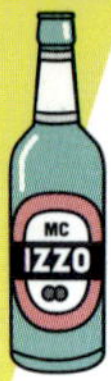

DAS PARTY-INTRO BY MC IZZO

Bin ich schon dran? Krass, das ging jetzt schnell. Tja ... Äh ... Worum geht's noch mal in meinem Kapitel? Ach so ... Party. Gutes Thema, zu dem man allerdings vor allem sagen muss: Party muss man machen, anstatt drüber zu reden. Machen, machen, machen. Daggameister-Chillo-mäßig steil gehen, wenn die Gelegenheit sich bietet. Und die Gelegenheit bietet sich überall. Also: Hol dir einen Locher und tacker dir aus den Buchseiten dein eigenes Konfetti, hol dir einen Drink, dreh Mucke auf ... Bring dich auf deinen persönlichen Dagga-Dagga-Kurs. Das richtige Umfeld hast du schon mal vor der Nase. Bei unserer Ostkreuz-Superhelden-Gang läuft das so: Auch wenn wir uns noch nicht alle seit der Kindheit kennen, sind wir wie Sandkastenfreunde. Man hat eine Menge zusammen erlebt, das schweißt zusammen. Und man kennt sich so gut, dass man sich ohne große Worte versteht. Genau so muss auch eine Party funktionieren. Sie ist nicht an einen bestimmten Ort oder einen bestimmten Termin gebunden, sie hängt davon ab, dass die Beteiligten die nötige Chemie und die nötige Power mitbringen. Bei uns stimmt die Chemie. Und Mc Fitti hat immer Power. Wenn wir zusammen lostoben, dann sind wir Team Rocket! Jeder hat sein Feuer, Jeder hat seine Ideen. Von denen lässt man sich durch die Nacht tragen. Und wenn die Nacht vorbei ist, will man sofort von vorne anfangen. Wenn das nicht geht, schalten die Laser auf Pause. Und man hat Puller in den Augen. Das Herz feiert halt mit.

Kommen wir also zum Konzept Izzo, das da lautet: Es geht nicht darum, alles perfekt zu machen, sondern darum, dass man überhaupt was macht. Das lässt sich auf alle Lebensbereiche anwenden. Ein Beispiel: Auch ich hab Songs gemacht. Zusammen mit Schmallop haben wir die Superhits »Daggameister« und »Ladykiller« samt dazugehöriger Videos geflasht. Vollgas-Hobby-Trash, der jede Party ins Rollen bringt. Wir wollen damit nicht in die Charts. Wir wollen das einfach feiern. Du auch? Dann blättere um und mach mit Fitti den Weg zur Party und umgekehrt.

Vorm Feiern futtern?
Das Büfett steht auf Seite 102.

DER WEG IST DIE PARTY

Party heißt nicht einladen-fertig machen-hingehen oder in der Ecke sitzen und warten, dass was passiert. Party ist eine Einstellungssache. Sie ist überall, wo Leute feiern wollen. VM hat darüber einen Song gemacht. Er heißt wie dieses Kapitel und hat im Kern die Aussage: Die Party ist die Straße, der Corner, die Stadt. Der Club natürlich auch. Oder der Späti. Wo Freunde sind, ist Party. Und je besser man vernetzt ist, desto größer sind die Möglichkeiten. Bei unseren Laserfeten hat sich zudem ein Fünf-Typen-Raster herauskristallisiert. Das Fundament für gute Stimmung.

- ***DER ADMINISTRATOR:*** Er weiß, wer gerade zu Besuch in der Stadt ist, wo Gästelisteplätze warten und wie man zu neuen Locations hinkommt. Seine wichtigste Aufgabe allerdings: die Truppe zusammenhalten. Beim Treibenlassen gehen schnell Leute verloren. Der Administrator fängt sie wieder ein!

- ***DIE KUGELSICHERE WESTE:*** Beim Sprayen an illegalen Wänden ist er derjenige, der Schmiere steht, bei Partys derjenige, der den Durchblick behält. Sprich: Er wehrt Ärger ab und versteht Nüchternheit nicht als Spaßbremse.

- ***DER STEMPEL-CHECKER:*** Eintrittsgelder in Clubs übersteigen immer das Budget einzelner Beteiligter. Der Stempel-Checker geht vor und besorgt sich selbst einen Stempel, von dem er per Aufkleber eine Kopie macht, die er mit Fineliner nachgezeichnet und auf die Arme der anderen drückt. Er kennt auch die Hardcore-Türsteher, die Fälschungen sofort erkennen.

- ***DER MACH-MAL-MIT-MANN:*** Wenn jedes Bandenmitglied einzeln aufs Klo rennt, um sich mit einem Tag zu verewigen, wird das Treibenlassen schwierig. Der Mach-mal-mit-Mann hat Eddings am

Start und die Namen der gesamten Crew im Kopf. Er taggt für alle mit. Mehr dazu auf SEITE 152.

- *DER EXOT:* Es ist nie ratsam, nur Leute aus der gleichen Gruppe oder Branche dabeizuhaben. Leute von außen setzen neue Impulse und beleben die Kreativität – egal ob Bekanntschaften von Facebook, Insta oder der Straße oder Kumpels auf Besuch.

Abschließend ein Wort an alle Partyveranstalter! Diese Position setzt ja viele extrem unter Druck. Verständlich, aber oft unnötig. Solange man sich an fünf Vorbereitungs-Regeln hält, kann man sich bei eigenen Feten ruhig als Gast fühlen.

Erstens: Lade DJs ein, die ein Teil der Gästerunde kennt und schätzt, um Unstimmigkeiten über die Musik zu vermeiden.
Zweitens: Hab ausreichend Getränke am Start oder stell zumindest sicher, dass ein Nachschub-Späti in der Nähe ist. Wenn vorzeitig die Drinks alle sind, hauen die Leute ab oder nehmen die Bude auseinander. Basics: Mate, Bier, Wodka, Gin.
Drittens: Feier nie an Orten, um deren Interieur du Angst hast. Im Museum kommt keine Stimmung auf. Abwischbarer Boden, robuste Möbel und Wände, die man überstreichen kann, sind Pflicht.
Viertens: Überleg dir ein Special. Pfeffi-Dusche, Wodka-Wackelpudding, Schnapswaffeln – geht alles. Auch Mottos können lustig sein, solange sie nicht ausgelutscht sind.
Fünftens: Feier mit! Gastgeber mit Stock im Arsch sind schlechte Gastgeber. Partys macht man nicht, damit die anderen feiern, sondern weil man mit ihnen feiern will.

Du bist immer noch aufgeregt?
Ab zum Lampenfieber-Workshop auf Seite 142.

Du willst steilgehen? Die Bar steht auf der nächsten Seite.

DIE FITTI-BAR

Durstig feiert es sich nicht gut, deshalb glühen wir erst mal eine Runde vor. Anstoßen! Kehle ölen! Und dabei den Rhythmus des Abends auf der Zunge schmecken. Doppelprost!

- **PFEFFI:** Zucker, Wasser, Pfefferminzextrakt und bis zu 25 Prozent Alkohol. Daraus besteht der Fitti-Vollrausch-Garant. Ganz wichtig für den finalen Geschmack ist das Mischverhältnis. Davon hängt es ab, ob eine blumige Flamingo-Version oder eine scharfe Schepper-Variante herauskommt. Geht alles. Der grüne Look kommt übrigens nur durch Lebensmittelfarbe zustande. Trinkst du eine Runde mit? Oder zwei? Wenn du genug hast, sehen wir uns auf SEITE 42.

- **TURBO-MATE:** Zwei Drittel Mate, ein Drittel Wodka, fertig ist die Turbo-Mate. Wer heute noch tanzen will, liegt hier richtig. Macht total hypie das Zeug. Ich bin voll on fire und sprenge jede Kette, wenn ich es trinke. Gelegentliche Wasserpausen sind ratsam, sonst ist man vom Koffein noch 24 Stunden später kribbelig. Du hast auch zu viel Energie? Dann runter damit und ab zu SEITE 90.

- **MOLLE:** Auf dem Bau hab ich gelernt, dass Bier zu jeder Tageszeit in den Chillo-Modus bringt. Eine Erkenntnis, die sich beim Cornern immer wieder bestätigt hat. Wer's also ruhig angehen will, zischt erst mal einen Halben. In Berlin sagt man dazu Molle, auf Tour hab ich erfahren, dass es noch viele andere lustige Ausdrücke dafür gibt: Humpen, Krügel, Schoppen, Seidler, Sense, Nößel, Kübel, Hülse, Canette, Chübel, Grenadier, Taumelbolzen, Pilsette ... Hau weg, das Teil, und zurück an die Arbeit auf SEITE 58.

- **VITAMINWASSER:** Auf Tour gibt's das industriell produzierte, auf Party mixen wir es selbst: Eine Tasse gewürfelte Melone, Ananas oder Orange in eine Kanne geben und sieben Tassen Sodawasser drüberkippen. Minzblätter dazu und im Kühlschrank ziehen lassen. Dann: Eiswürfel, Strohhalm, Schirmchen und Prost. Noch mehr Utensilien gibt's auf **SEITE 104.**

- **LSD-BOWLE MIT INTERNET-ANSCHLUSS:** »Jetzt geht der Druffi mit ihm durch!«, haben viele gedacht, als ich nach meiner strammen Hip-Hop-Phase anfing, auf Elektropartys zu gehen. Damals waren die Gräben zwischen Hippi-Hoppis und Technanten tiefer als heute. Ich hab Lästermäuler bei WG-Feten vor einen Laptop mit psychedelischen YouTube-Videos gesetzt und Sekt mit PEZ-Brausetabletten serviert. Fällt zwar keiner drauf rein, aber die dummen Gesichter wirken fast wie LSD. Mach den Trip zu **SEITE 62.**

- **MEDIENWASSER:** Wodka mit Soda ist Medienwasser. Trinke ich auf Medienpartys. Das Gute an der Mische: Man trinkt Alkohol, aber auch Wasser. So hat man später keinen so harten Kater. In der Medienbranche eine gute Kombi, weil da alle ständig feiern, aber am nächsten Tag trotzdem in ihre Agenturen müssen. Klingt vertraut? Dann trink aus und komm mit zu **SEITE 38.**

- **FLAMINGO-WASSER:** Flamingos sind schwer zu halten und auch sonst sprunghaft, aber wo sie tippi-toppi-treu sind, ist ihr Stammgetränk: »Schampus«. Wobei … Eins der Girls hat mir mal gesteckt, dass unter Schampus alles fällt, was gären muss. Und wenn ich drüber nachdenke, gilt das für Bier und Schnapper genauso wie für Sekt und Wein. Na, dann: Anstoßen auf **SEITE 140.**

PICK UP!

DIE METT-TORTEN-LEGENDE

Die Mett-Torte ist berühmt, seit ich bei Markus Lanz von ihr erzählt habe. Danach haben ohne Ende Fitti-Fans das Rezept angefordert. Hier kommt es! Katzenmasken-Geburt inklusive.
Es war die Zeit der Mettwelle. Mein kompletter Freundeskreis war voll auf Mett. Aus Flaming Ghetto wurde Flaming Metto, Mac Gyver war Mett Gyver, und das Alphabet ging von A bis Mett statt von A bis Z. Als unser Malerkumpel Rips aka Superspray Geburtstag hatte, wollten Katzenmaske (der damals noch nicht Katzenmaske hieß) und ich ihm eine Mett-Torte schenken. Mit zehn Fladenbroten und fünf Kilo Mett haben wir uns in der Küche verschanzt. Das Fleisch wurde mit Zwiebeln, Salz und Pfeffer gewürzt, zu Riesenbuletten ausgerollt, beidseitig angebraten und zusätzlich im Ofen durchziehen gelassen. Nebenbei haben wir die Fladenbrote horizontal halbiert. Dabei schlug die Albernheit zu. Mein Mitstreiter hielt sich gackernd eine Brothälfte vors Gesicht, in deren Oberfläche zwei Gucklöcher klafften. Ich nur so: »Weißt du was? Das sieht aus wie 'ne Katzenmaske.« Dieser Ausspruch begleitete uns den ganzen Abend – und führte wenig später zur Einführung der echten Schnurrhaar-Maske. Schicksal backt mit.
Danach hieß es: Schichten. Ein Mettfladen, eine Fladenbrothälfte, ein Mettfladen, eine Fladenbrothälfte und so weiter. Dreißig Zentimeter hoch. Diesen Turm haben wir mit Kartoffelbrei umschmiert, an der Seite mit Röstzwiebeln bestreut und am Sockel mit Nürnberger Bratwürstchen gerahmt. Obendrauf kamen Blumen aus Mett und eine große 29 aus Senf. Sah aus wie eine fette Vanillecremetorte, stank aber beim Anschneiden übelst nach Mett und Zwiebeln. Guten Appetit!

Verdauungs-Pfeffi? Oder zwei?
Runter damit und ab zu Seite 42.

Zwiebelatem? Ab zum Erste-Hilfe-Party-Kit.
Umblättern!

ERSTE-HILFE-PARTY-KIT

Stell dir vor, du bist heute Administrator? Die Gang verlässt sich auf dich, und du willst für alle Eventualitäten gerüstet sein? Echte Profis haben für diesen Fall eine Gürteltasche am Start. Die Bedeutsamkeit dieses Utensils für westliche Partykulturen lässt sich allein daran ablesen, dass es ohne Ende Wörter dafür gibt: Fanny Pack, Belly Bag, Chaos Pouch, Hip Bag, Butt Pack, Moon Bag, Waistpack, Bum Bag, Buffalo Pouch, Belted Satchel, Hands-Free-Bag, Hip Bag ... Womit wir das erste Dutzend voll hätten und beim Begriff angelangt wären, mit dem ich aufgewachsen bin. Das Hip Bag war vielleicht das erste Accessoire, das für meinen Alltag eine Rolle gespielt hat. Schon zu U-10-Zeiten hab ich darin meine Fußballbilder, He-Man-Figuren und Schlüssel transportiert. Okay, damals galten Gürteltaschen auch als cool, während sie heute oft als Nerd- und Touri-Ausrüstung verteufelt werden. Ich dagegen feiere sie bis heute als Handtasche des aufrecht denkenden Menschen. Sie fassen viel Zeug, schlackern nicht rum, verursachen keine Haltungsschäden und sind immer am Mann. Auch wenn man eine Frau ist. Die Flamingo-Girls tragen ihre Piccoloflaschen auch in Hip Bags rum. Und damit zu dem Punkt, an dem sich die Coolness eines Gürteltaschenträgers eigentlich festmacht: seine Fracht. Hier die Top-Neun-Teile, die ein Ostkreuz-Administrator auf der Hüfte tragen sollte. Such dir dein Lieblingsutensil aus, um die nächste Station zu ermitteln!

SONNENBRILLE: Morgensonne nach einer verballerten Nacht kann hardcore sein. Also für alle Fälle eine Brille im Sack haben. Gilt auch für notorische Sonnenbrillenträger wie mich. Ersatzteillager. Mehr dazu auf SEITE 26.

KOPFSCHMERZTABLETTEN: Im Zug eingepennt und verschädelt am Endpunkt erwacht? Aspirin rettet die Fahrt zu **SEITE 70.**

EDDINGS: In der Hosentasche lösen sich die Kappen, darum gehören Eddings ins Hip Pack. Ein dunkler und ein heller. So kann man auf allen Untergründen Taggen und Malen. Zum Beispiel auf **SEITE 46.**

AUTOPAPIERE/AUSWEIS: Sie werden meist verlangt, wenn sie zu Hause liegen. Ein Hip Pack *ist* zu Hause. Weiter zu **SEITE 86.**

KONFETTI: Ein Wurf Konfetti bringt auch Trauerklöße zum Schmunzeln. Profis füllen das Zeug vorher in Plastiktüten, sonst rieselt's bei jedem Griff ins Gepäck raus. Die nächste Ladung fliegt auf **SEITE 88.**

ZAHNSTOCHER: Gute Laune heißt lachen. Das tut man schöner ohne Mett zwischen den Zähnen! Auch auf **SEITE 106.**

HANDY: Das Handy verstaut man, wo es nicht rausfallen kann. Der nächste Anruf wartet auf **SEITE 114.**

STICKER: Stickern ist Teil der Ostkreuz-Mission und macht süchtig. Glaubst du nicht? Dann blätter zu **SEITE 52.**

BONBONS/KAUGUMMIS: Mett-Torten- oder Bierfahne? Mit Süßigkeiten lässt sich beides bekämpfen. Fertig für **SEITE 146.**

FITCOM

FOLGE # 04

ON THE DANCEFLOOR

INNEN, CLUB, NACHT

Discolichter. Großaufnahme vom DJ-Pult eines Kellerclubs. ZWEGATMANN dreht euphorisch an den Reglern. Credit: »SPECIAL GUEST: DJ ZWEGATMANN«. Kameraschwenk auf die tanzende Menge, in deren Zentrum KATZENMASKE und SCHMALLOP auf und ab hüpfen. Ihre mangelnde Standfestigkeit gleichen sie aus, indem sie sich auf den Schultern von VM abstützen. Dessen eigene Tanzversuche sind dadurch stark beeinträchtigt. RAOUL steht schwankend, aber wie ein Fels vor den dreien und bewundert einen schwarzen Klecks auf seinem Handgelenk. IZZO ist neben ihm. Der folgende Dialog wird über die Instrumental-Beats von »18 Zoll« hinweggebrüllt. Heftige Bässe.

RAOUL *(lallt)*: Alter, wie geil dieser Stempel geworden ist.
IZZO: HAHAHAHAHAHA! *(seine Lache übertönt die Musik spielend)*
RAOUL: Was denn?
IZZO: HAHAHAHA! Du bist so breit! Dieser Stempel ist ja wohl das beschissenste, was Schmallop in seinem Leben je gemalt hat. Krass, dass der Security-Bulle dich damit überhaupt reingelassen hat.
RAOUL: Hat er gar nicht. Fitti hat mich einfach hinter sich hergezogen. Der Typ hat noch irgendwas gerufen. Voll grumpy irgendwie.
VM *(brüllt zwischen zwei Knüffen seiner Nebenmänner hindurch)*: Wo ist Fitti überhaupt?
RAOUL *(malt mit dem Finger drei Ms in die Luft)*: Klo! Macht für alle mit!

IZZO: Ey, Raoul. Der Security-Mann steht da drüben und glotzt so komisch. Meinst du, der macht Stress?

IZZO deutet auf einen finster blickenden, aufgepumpten MACKER am Rand der Tanzfläche.

RAOUL: Das ist der Typ vom Eingang? Kein Plan. Hab vergessen, wie der aussah.

Während RAOUL achselzuckend zu tanzen beginnt, setzt sich der MACKER in Bewegung und bahnt sich seinen Weg durch die Menge. IZZO stößt alarmiert VM an. Der versteht zunächst nicht.

VM *(zu IZZO):* Alter, voll geile Bässe, die der Zwegi auffährt, was?

VM streckt den Daumen in die Höhe und gibt ZWEGATMANN zu verstehen, dass er weiter aufdrehen soll. Der versteht und nickt. Kurz darauf wummern die Bässe noch tiefer.

IZZO *(zu VM):* Alter, ich glaub, du musst gleich die kugelsichere Weste machen.

VM: Hä? Wieso?

IZZO: Der Security-Bulle sieht nach Ärger aus. Halt ihn auf. Ich bring so lange Raoul hier weg.

Schon tippt der MACKER VM von hinten auf die Schulter und macht deutlich, dass er durch will. Gleichzeitig wird er von KATZENMASKE und SCHMALLOP in die Mitte genommen, die nichts mitbekommen haben und ihn zum Mithüpfen animieren.

SCHMALLOP & KATZENMASKE *(grölen):* UND ICH ROLL, ROLL AUF 18 ZOLL, IN MEINEM GOLF, GOLF ...

MACKER: Hört auf mit dem Scheiß, sonst fliegt ihr raus!

VM: Ganz vorsichtig, Mann, das sind meine beiden Jungs.

MACKER: Kann es sein, dass die'n bisschen viel gesoffen haben.

VM: Ach Quatsch. Die eiern nur'n bisschen rum.

KATZENMASKE: AUF 18 ZOLL IN MEINEM GOLF!

SCHMALLOP: LENKRAD AUS HOLZ!

MACKER: Loslassen jetzt! Ich will nicht zu euch, ich will zu dem da! *(Grimmig zeigt er auf RAOUL, den IZZO erfolglos von der Tanzfläche zu ziehen versucht)*

VM *(stellt sich dem MACKER in den Weg)***:** Was'n los mit dir, Alter? Mach dich mal locker.

Am DJ-Pult bemerkt ZWEGATMANN, dass etwas nicht in Ordnung ist. Er sieht fragend rüber und gibt VM entsprechende Handzeichen. VM will signalisieren, dass er die Situation im Griff hat, und streckt den Daumen in die Höhe. Eine Geste, die ZWEGATMANN fehldeutet und dazu veranlasst, die ohnehin mörderischen Bässe noch härter aufzudrehen. Gleichzeitig öffnet sich im Hintergrund die Toilettentür. Im Gegenlicht der Klobeleuchtung erscheint die Silhouette von FITTI.

IZZO *(zu RAOUL)***:** Alter, jetzt komm endlich mit!

MACKER *(zu VM)***:** Wenn du nicht aus dem Weg gehst, verpass ich dir eine.

KATZENMASKE & SCHMALLOP *(in die Menge)***:** ICH ROLL, ROLL AUF 18 ZOLL!

PENG! In diesem Moment krachen mit einem ohrenbetäubenden Knacken die Sicherungen durch, und der Laden versinkt in Dunkelheit. Die letzten Worte bis zum End-Credit tönen über das verblüffte Raunen der Menge hinweg. Der Bildschirm bleibt schwarz.

KATZENMASKE & SCHMALLOP *(irritiert leiser werdend)***:** IN MEINEM GOLF! Lenkrad aus Holz ...

ZWEGATMANN: Äh ... Was'n jetzt los?

FITTI: Verdammt, ich hab meine Eddings vergessen. Hat irgendwer welche bei?

ZWEGATMANN: Ich. Aber ...

RAOUL: Ey, voll die krasse Lightshow hier! Komm in meine Arme, Izzo!

IZZO: HAHAHAHA! Du bist so breit!

RAOUL: Sag mal, hast du zugenommen, oder was?

MACKER: Wenn du mich nicht gleich loslässt, verpass ich dir eine!

IZZO: HAHAHAHAHA!

Bud-Spencer-Faustschlag-Sound. Stille.

ZWEGATMANN: Sagt mal Leute: War's das jetzt schon mit meinem Gastauftritt?

Doppel-Black. ENDE

Du gibst ZWEGATMANN eine zweite Chance?
Ab zu Seite 156.

Die letzte Fitcom-Folge gibt's auf Seite 136.

Das Nächste, was ich höre, ist ein markerschütternder Schrei. Ich kenne dieses Kreischen. Bruce Lee hat es bei seinen Kämpfen auch immer von sich gegeben. Ziemlich ungewohnt, es in diesem Fall nicht aus seiner, sondern aus meiner eigenen Kehle zu hören. Komplett ohne Autotunes. Ich bin selbst erschrocken. Mein Nebenmann ebenfalls.

»Geht's auch etwas weniger schrill?«, fragt Hans-Henry genervt und reibt sich das Ohr.

»Ich befürchte nein, Freundchen«, höre ich mich eiskalt sagen. »Freundchen«? Übelster Eighties-Macker-Sprech. Aber passt ja. Im nächsten Moment fliegt mein Kopf so zackig nach links, dass die Luft zischt. Auge in Auge mit den Brillengläsern hinter dem Katzenmasken-Fake! Hans-Henry verzieht den Mund zu einem spöttischen Lächeln.

»Mit dieser Masche wirst du den Flipper in dir niemals finden«, sagt er.

»Das werden wir noch sehen«, sage ich.

In diesem Moment geht die Lounge-Musik in einen bollernden Discobeat über. Karaokeversion von »Vollgas«! Der Rhythmus pumpt meinen Körper mit Energie voll. Adrenalin tanken. Der Kotflügel unseres CC ist auf Höhe des Enten-Hecks.

»Alter, ich frage dich nur noch einmal: Wer bist du?«

»Ich hab's doch schon gesagt, ich habe viele Namen. Nenn mich Henry, nenn mich Ricki, nenn mich Hans. Such dir was aus.«

Das war die falsche Antwort. Ein verärgerter Tritt lässt den Beifahrersessel vor mir mit einem lauten Krachen aus der Schiene brechen. Was geht ab? Bin ich superkraftgedopt? Oder bilde ich mir das alles nur ein? Ein zweiter Tritt gegen die entwurzelte

Sitzschale überzeugt mich vom Gegenteil. Das Ding knallt mit voller Wucht durch die Decke und fliegt in hohem Bogen in die Büsche neben der Autobahn. Nun klafft ein fettes Loch in der Fahrerkabine, und der Wind rauscht uns um die Ohren. Geistesgegenwärtig drosselt der Chauffeur die Geschwindigkeit.

»Äh … tut mir leid«, rufe ich Hans-Henry durch den brausenden Luftzug zu. Ist ernst gemeint. Ich bin selbst überrumpelt von meinen Kräften. Doch den Typen scheint die Zerstörung seines CC überhaupt nicht zu kratzen.

»Macht nichts«, grinst er und schenkt sich einen Pfeffi ein. »Ich muss nicht rasen wie ein wilder Stier.«

»Abheben, Tunnelblick, oder was?«

Er zuckt mit den Schultern, trinkt und meint: »Ich wünsch, das schöne Mädchen wär bei mir.«

Ach ja, das schöne Mädchen. Darum ging es hier doch ursprünglich mal, oder? Nachdem wir durch den plötzlichen Dachschaden ein wenig zurückgefallen sind, schließen wir langsam wieder zu der roten Ente auf. Ich springe hoch. Dank des fehlenden Beifahrersitzes ist dafür ja genug Platz. Mit erneutem Kreischen mache ich ein paar ziemlich professionelle Kung-Fu-Moves – inklusive eines schwungvollen Tritts, der die Windschutzscheibe zerschmettert. Statt allerdings in tausend Scherben zu zerbersten, löst sie sich in einem puffenden Konfetti-Regen auf. Ich tippe mit der Spitze meiner gelb-schwarzen Bruce-Lee-Sneakers auf die Öffnungstaste des Chauffeur-Sicherheitsgurts. Die Klappe springt mit Hochdruck auf, dann saust der Fahrer als menschliche Rakete durch die Decke, reißt den verbliebenen Rest des Autodachs mit und verliert sich in der rosaroten Abendglut des Himmels. Flickflack auf die Motorhaube und wieder zurück. Kreischen, Vierfach-Umdrehung, Tritt auf die Hupe. Anstelle von Akustiksignalen flackern Neonblitze aus dem Holzlenkrad. Diese Tour fängt an, mir Spaß zu machen. Meine Superkräfte scheinen unbegrenzt, der Wagen fährt von alleine, nur ein neuer Song könnte allmählich mal her.

»Hast du noch andere Mucke?«, rufe ich meinem Mitfahrer auf der Rückbank zu.

»Aber sicher«, ruft Hans-Henry zurück und fummelt eine Fernbedienung aus seiner Sakkotasche.

Die blonden Strähnen aus der Ente flattern jetzt direkt vor meiner Nase. In wenigen Augenblicken werde ich der Fahrerin ein Zeichen geben können. Alles safe, Baby! Super-Fitti passt auf dich auf! Noch 30 Zentimeter. Noch 20. Noch … Plötzlich bricht das »Vollgas«-Instrumental ab, und in ohrenbetäubender Lautstärke dallert ein neuer Song los. Oder … Nun ja, so neu ist er gar nicht?

»Man ruft nur Flipper, Flipper, gleich wird er kommen …«

Scheiße, geht das schon wieder los? Ich bin so schockiert, dass ich in meiner Verwirrung nach den vor mir tanzenden Haaren greife, als könnten sie mir Halt geben. Tun sie natürlich nicht. Vielmehr gibt die Strähne nach, und ich halte im nächsten Moment eine blonde Langhaarperücke in den Händen. Der Gegenwind schleudert mich mit Karacho auf die Rückbank neben Hans-Henry. Der glotzt das Haarteil genauso verblüfft an wie ich. Offenbar haben wir uns beide in dem Subjekt getäuscht, das er als begehrenswert und ich als beschützenswert eingestuft hatte. Nix »schönes Mädchen«, nix »Keine Angst, Hase«. Stattdessen: Während die Zeilen »Wir lieben Flipper, Flipper, den Freund aller Kinder« durch die Boxen dröhnen, schiebt sich unser CC endgültig neben den Citroën – und damit die Ansicht eines autofahrenden Delfins in unser Blickfeld. Er winkt uns zu. Wir winken bräsig zurück. Doch dann: alarmiertes Quietschen. Flippers Warnruf. Als ich nach vorne gucke, sehe ich, dass unser Wagen direkt auf einen Abhang zurast. Noch einmal Kung-Fu-Action. Hochhüpfen, Hans-Henry am Kragen packen, abspringen! In bester Martial-Arts-Zeitlupe durch die Luft fliegen. Von oben zugucken, wie unser Auto in ungebremstem Tempo über die Klippe saust und explodiert. Natürlich mit Konfettiregen. Mit ansehen, wie die Fahrertür der Ente aufspringt und Flipper ebenfalls über die Klippe hüpft. Zeitlupenmodus verlassen und mit flatterndem Jogginganzug abwärtsrauschen. Auf dem Rücken von Flipper landen. Gleichzeitig merken, dass statt Hans-Henry nur noch seine Katzenmaske in meiner Faust hängt. Einen Schreck kriegen. Dann die Nachricht auf der Rückseite der Katzenmaske bemerken: »Ich muss noch ein paar Hits schreiben. Viel Spaß mit dem Flipper in und unter dir wünscht: Henry Valentino«. Henry Valentino? Nie gehört. Muss ich demnächst mal googeln. Flipper die Sporen geben. Der roten Sonne am Horizont entgegenjagen. Übelster Luftritt. Für immer!

ENDE!

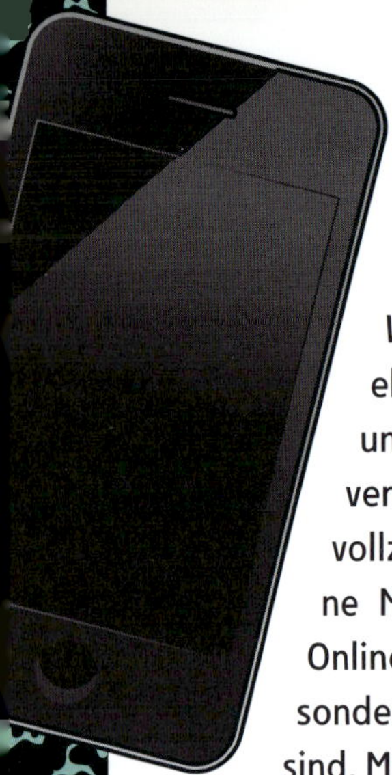

DEIN HANDY UND DU

Wenn Zwackel nichts Vernünftiges sagt, dann tu ich's eben. Über Social Media wird ja wahnsinnig viel geredet und geschrieben. Meistens negativ. Gläserner Mensch, Volksverdummung, Datenmüllhalde, bla, bla, bla. All das ist nachvollziehbar, aber ich finde die Herangehensweise falsch. Meine Meinung ist: Das Internet und die damit verbundenen Online-Dienste sind dazu da, uns glücklich zu machen. Insbesondere seitdem sie dank Smartphones permanent verfügbar sind. Mag sein, dass ich diese Haltung habe, weil ich mich noch an Zeiten erinnern kann, in denen Handys die Größe kleiner Koffer hatten und jeder Anruf 1,80 D-Mark kostete. Da musste übelst rationiert werden. Das ist dank Facebook, WhatsApp, Twitter und Co. heute anders. Dass sich dadurch manche überfordert fühlen ... Verständlich. Dass sie darüber meckern ... Unnötig. Weil man die Frage, inwieweit man den Hype mitmacht mit drei kurzen Fragen beantworten kann.

SPASS ODER JOB?

Immer wieder heißt es, dass Leute nicht mehr abschalten können, weil ihr Handy ja die ganze Zeit angeschaltet ist. Da frage ich: Wieso denn? Es gibt doch nur zwei Sorten von Handys: die, die privat genutzt werden, und die, die beruflich genutzt werden. Wer sein Job-Handy nach Feierabend nicht weglegt, ist selber schuld. Und wer die Verwaltung seines Privathandys als Job empfindet, hat das Thema verfehlt. Kontaktpflege mit Freunden sollte nicht zum Zwang werden. Und wer mit Leuten rumhängt, die ihm übelnehmen, wenn er mal zwei, drei oder 24 Stunden keine Mails beantwortet, sollte eher seine Freundschaften als seinen Handykonsum überdenken.

OLD SCHOOL ODER NEW SCHOOL?

Telefonieren und SMS schreiben: Dafür war das Handy ursprünglich mal da. Dass es inzwischen die halbe Welt in sich vereint, hat an dieser Tatsache nichts geändert. Ich habe immer noch Kumpels, die ihren Online-Kram trotz Smartphone ausschließlich über Laptop oder Computer erledigen. Eine bewusste Entscheidung für die Old-School-Variante. Wer den New-School-Weg geht, macht stattdessen alles übers Handy. Organisieren, kommunizieren, amüsieren. Er sollte allerdings dran denken, regelmäßig Backups zu machen, sonst sind bei Verlust oder Ausfall gerne mal sämtliche Fotos, SMS und Kontakte weg.

BOSS ODER UNTERTAN?

Wenn nicht du dein Handy, sondern dein Handy dich im Griff hat, brauchst du ne Digital-Diät. Das ist dann der Fall, wenn du es nicht mehr schaffst, in Situationen, in denen daddeln tabu sein sollte, die Finger davon zu lassen. Der Drei-Stufen-Test: Einen Kinofilm mit Überlänge ohne WhatsApp-Check durchgucken! Jede Mahlzeit des Tages ohne telefonische Ablenkung bestreiten! Eine Unterhaltung führen, bis sie zu Ende ist, anstatt sie von einem Anruf abwürgen zu lassen. Wenn du das schaffst, gibt's keinen Grund zur Sorge. Dann ran an die Königsdisziplin: Auch auf der Arbeit Handy weglassen. Dann ackert man schneller und fokussierter. Wenn man zum Beispiel gerade ein Buch schreibt, ist es megalästig, wenn ständig der Vibrationsalarm oder das Klingeln dazwischen … äh … Moment mal kurz. Oh, MC Izzo ruft an. Das könnte wichtig sein. Ein Zwiespalt. Rangehen oder ignorieren? Entscheide du.

Rangehen heißt: Zurückblättern zu Seite 90.

Der standhafte Rest kriegt seine Belohnung eine Seite weiter.

DADDELN DE LUXE

Wir haben unser Nutzungsverhalten hinterfragt, jetzt können wir Spaß haben mit dem WWW. Sechs Unterhaltungsformen, die ohne Internet nicht möglich wären!

- **NONSENSE-POSTS:** Es fing damit an, dass ich bei Facebook gepostet habe »Wie spät ist bei dir?«. War eigentlich nur Spaß, aber es wurde eine richtige Entertainment-Nummer draus. Die Leute haben voll mitgemacht und aus aller Welt zurückgeschrieben. Man hat live mitbekommen, wie die Zeit verging und wie sie in anderen Zeitzonen schon weiter oder noch gar nicht angebrochen war. Seitdem liebe ich Nonsense-Posts. Highlights waren auch »Ich geh grad über die Straße« oder »Ich sitze auf einem Stuhl«. Mut zur Banalität wird mit Scharfsinn belohnt. Probier's mal mit »Ich sitze auf dem Klo!« aus!

- **BERUF ZUM HOBBY:** Aus Pflicht kann Spaß werden, wenn man sein privates Umfeld daran teilhaben lässt. Solange man nicht gerade beim Geheimdienst arbeitet, spricht nichts dagegen, den Fortschritt von Arbeitsprojekten bei Facebook oder Instagram zu dokumentieren und durch Reaktionen von Kumpels neue Inspiration zu schöpfen und aus der Beurteilung von außen neuen Ehrgeiz zu entwickeln.

- **DU GEGEN DICH:** Social Media ist wie Sport. Auch hier kann man eigene Bestmarken setzen und übertreffen. Wie viele Posts schaffst du in zehn Minuten? Welche Nachricht bekommt die meisten Likes? Wann ist die Grenze des am Stück Postbaren erreicht? Wie durchschnittlich muss ein Selfie sein, um komplett ignoriert zu werden? Der selbstanalytische Kampf gegen die eigenen Rekorde ist endlos. Daran wächst nicht nur die Timeline, sondern auch die Persönlichkeit.

- **AUTOCOMPLETE-QUATSCH:** Wer experimentelle Gedichte oder absurde Songs schreiben will, bedient sich beim dadaistischen Potenzial von Autocomplete. Man kann auf völlig neue Fährten kommen, wenn man Satzanfänge oder Wörter von Google vervollständigen lässt. Ich wollte mal die Fähigkeiten von Flipper checken und hab »Flipper kann« eingegeben. Es wurde »Wer kann Flipper reparieren?« vorgeschlagen. Gibt man »30 Grad sind« ein, kommt »30 Grad sind wie viel Prozent?«, aus »übelst« wird »übelst Duden«, aus »Flamingo Girl« eine »Flamingo-Girlande« und Quatschwörter wie »Flotsch« entführen auf den »Flotschhügel« von World of Warcraft. Und übrigens: WhatsApp ist grau, Konfetti ist das Acid des kleinen Mannes, und MC Fitti ist Jan Köppen. Voll complete!
- **ONLINE-URLAUB:** Nur wer sich bei Social-Media-Diensten betätigt, kann auch eine Auszeit von ihnen nehmen. Wer wochenlang gepostet, getwittert und geliked hat, loggt und ruht sich ein paar Tage aus. Ferien! Wo kriegt man die sonst schon ohne Urlaubsantrag oder Krankschreibung? Nur im Internet. Wer es offiziell haben will, ersetzt sein Profilbild durch eine offizielle Abmeldung. Der Rest wartet ab, ob ihn jemand vermisst, und prüft dadurch seinen Marktwert.
- **INTERNET LEERLIKEN:** Jeder Mensch braucht Ziele. Ich habe mir ein großes gesteckt. Jeder weiß, was für ein befriedigendes Gefühl es sein kann, ordentlich was weggeliked zu haben. Man hat Liebe verteilt, ein paarmal geschmunzelt und einigen Leuten ein Erfolgserlebnis beschert. Super Alkoholersatz. Mein nächstes Ziel also: Internet leerliken. Machst du mit? Dann sehen wir uns auf der nächsten Seite wieder.

Wer vom Daddeln die Schnauze voll hat, stürzt sich auf Seite 96 ins pralle Leben!

Geschafft! Leergeliked!
Joker ziehen auf Seite 156.

Gute Entscheidung! Nichts wie weg hier. Bevor ich die Straße runterflitze, als wäre der Teufel hinter mir her, entreiße ich der goldenen Faust noch schnell die Pfeffi-Flasche. Man kann nie wissen. Danach: Vorwärts! In der Mitte der Straße! Immer geradeaus! Hastiger Blick über die Schulter. Mist, der CC folgt mir. Wollen die ihren Drink zurück? Oder war das doch Zwackel, und die Stimme klang nur so fremd, weil er zu viel gefeiert hat? Egal. Sollte es so sein, wird er sich schon melden. An der nächsten Kreuzung schlage ich einen Haken um die rechte Ecke. Ein Fehler. Fast krache ich auf die Motorhaube eines entgegenkommenden Fahrzeugs. Passat CC. Schwarz. Getönte Scheiben. Mir gefriert das Blut in den Adern. Umso mehr, als ich sehe, dass in der Straße gegenüber ebenfalls ein schwarzer CC anrollt und obendrein mein Verfolger vom Corner die Kreuzung erreicht. Übelst Mafia. Aber ohne mich. Dann halt doch geradeaus weiter. Doppeltes Tempo. Schweiß auf der Stirn. Paranoia von heulenden Motoren in meinem Rücken. Und dann zu allem Überfluss: Seitenstiche. Verdammte Axt! Um mich selbst zu beruhigen, quatsche ich den Text aus meinem Aerobic-Skit vor mich hin. »Versuch einfach erst mal in den Rhythmus reinzukommen!«

Leichter gesagt als getan.

»Und eins und Step! Und zwei und Step!«

Okay, die Steps lasse ich jetzt mal weg.

»Nicht vergessen: Immer in Bewegung bleiben!«

Ach nee. Wäre ich jetzt gar nicht drauf gekommen.

»So, jetzt machen wir noch mal schön das Ostkreuz!«
Arschlecken, ich hab andere Sorgen. Inzwischen röhren die Motoren hinter mir wirklich ziemlich furchterregend. Es wird Zeit, das Feld zu räumen. Zum Glück gibt's hier viele Hinterhöfe. Mit Parkour-Skills und Ortskenntnis kommt man in ein paar Sekunden fünf Häuser weiter. Warum bin ich da nicht gleich drauf gekommen? Parkour-Skills hab ich zwar keine, aber mit der Ortskenntnis sieht's ganz gut aus. Also ab durch die nächste Vordertür, in den Flur, durch den Innenhof, zum Hinterhaus, erste Treppe runter, durch den Keller, zweite Treppe wieder hoch, nächster Hinterhof, über den Zaun und ... Pause. Hierher sollen die mir erst mal folgen. In meiner Hosentasche bimmelt das WhatsApp-Signal. Dreimal hintereinander. Aber ich muss erst Luft holen und auftanken. Meine Kehle ist so trocken wie Sandpapier. Es hilft nichts, der Pfeffi muss dran glauben. Hastig schraube ich den Deckel ab. Doch dann: Als ich die Flasche kurz gegens Licht halte, fällt mir auf, dass Fremdkörper in der grünen Flüssigkeit herumschwimmen. Erst denke ich, es sind Minzblätter oder Limetten oder irgendein anderer Aroma-Kram, doch bei genauerem Hinsehen fällt mir auf: Das sind ein kleiner Briefumschlag und ein quicklebendiger Mini-Flipper. Ich sehe genauer hin, um zu prüfen, ob zusätzlich eine XS-Version von mir selbst auf dem Flaschenboden rumhängt, doch dieses Déjà-vu bleibt mir zum Glück erspart. Die Erfrischung fällt trotzdem aus. Ich kann ja keinen Pfeffi trinken, in dem Flipper seine Bahnen zieht. Am Ende

verschlucke ich ihn noch. Würde ich mir nie verzeihen. Dann halt doch Nachrichten checken.
Die erste kommt von Zwackel: »Udo Zwackel sagt: Ich weiß, ich seh verfeiert aus, aber ist es so schlimm, dass du wegrennen musst, nachdem du mir fast auf die Haube gehüpft bist?«
Die zweite ist von den Flamingo-Girls: »CC-Probefahrt durch die Hood! Endlich kapieren wir, was Zwackel an diesem Auto findet. Krasse Lenkautomatik beim Einparken. Super ladylike. Haben dich grad vorbeirennen sehen. Warum so eilig? Flamingo-Love!«
Die dritte ... vergessen wir's: »Hans Delfin und seine Kinder bitten um Unterstützung bei ihrer neuen Kickstarter-Kampagne bla, bla, bla ...«
Offenbar ist die Lage entspannter, als ich dachte. Von drei möglichen Verfolgern ist nur einer übrig geblieben. Und der will vermutlich nur seinen Flipper-gedopten Pfeffi zurück. Soll er von mir aus kriegen. Also raus aus dem Hinterhof und easy. Schön Hände ausschütteln und locker machen. Ich schraube die Flasche zu, öffne eine letzte Hintertür, durchquere einen weiteren Flur, stoße eine Haustür auf und ... Peng, Schepper, Klirr! Als auf der Straße der schwarze Passat auf mich wartet und mir schon wieder die goldene Faust eine Pfeffi-Flasche entgegenhält, lasse ich meine Pulle vor Schreck fallen. Sie zerspringt zu meinen Füßen in tausend Stücke. Träge fließt das dickflüssige grüne Minzwasser den Bordstein hinunter in die Gosse. Wo ist Flipper? Offenbar verpufft. Dafür ist der

Briefumschlag in Windeseile auf Normalgröße angewachsen wie ein Flaschengeist. Leuchtend grün liegt er in der langsam ablaufenden Pfeffi-Brühe. Er scheint nicht mal nass zu sein.
»Nun steig endlich ein«, dröhnt das Darth-Zwackel-Organ aus dem Auto.
»Öffne mich!«, scheint der Umschlag zu rufen. Welcher Aufforderung würdest du folgen?

Sich dem Schicksal fügen? Wenn wir doch noch ins Auto steigen sollen, lies weiter auf Seite 148.

Das Schicksal befragen? Den neuen Umschlag öffnen wir auf Seite 94.

TONSTUDIO-INTRO BY VOKALMATADOR

Yo Leute, hier ist Vokalmatador,
ihr wollt über Mucke reden? Immer gern. Ihr wollt über Rap fachsimpeln? Lasst mal. Wir werden in diesem Kapitel versuchen, die musikalischen Einflüsse zu diggen, die sich auf die Lieder von MC Fitti ausgewirkt haben, und dabei das zu vermitteln, was der Motor des Fitti-Fames ist: Spaß. Das geht nur, wenn wir den Rahmen etwas weiter stecken, als es vielen Hardcore-Homeboys und -Homegirls passt. Ich selbst bin tief genug mit der Berliner Rapszene verwurzelt, um zu wissen, wovon ich rede. Ich war Mitgründer der Ur-Sekte, die inzwischen oft mit dem Sektenmuzik-Label verwechselt wird, das Sido und B-Tight daraus gemacht haben, und ich bin lange mit Bitchmove-King Rhymin Simon durch die Lande getourt – zwei etablierte Größen, die mich dafür sensibilisiert haben, wie die deutsche Rapwelt tickt. Ich bin stolz auf diese Wurzeln und sehe mich bis heute als Teil der Szene, aber ich muss nicht mehr all ihre Gesetze zu meinen eigenen machen. Meine Zusammenarbeit mit Fitti ist ein Zeichen dafür.
Lustigerweise haben wir uns genau in der Zeit kennengelernt, als ich bei der Sekte ausgestiegen bin. Anfang des Jahrtausends war das, bei einer Streetbox-Jam in Gifhorn. Ich war mit Simon und den Jungs von Big Bud dort, und ein Freund von Fitti hat auch gerappt. Dadurch sind wir ins Gespräch gekommen. Fitti war damals noch wild auf Graffiti unterwegs. Ich mochte diese Welt: die Kunst, den Slang, den Humor. Das war fresh. Als ich dann mitbekommen habe, dass Udo Zwackel und Fitti im stillen Kämmerlein zusammen Musik machen, hab ich mir die Aufnahmen mal angehört. Die klangen besser als vieles, was in der Zeit sonst so aus Berlin kam. Nach den üblichen Deutschrap-Standards passten sie zwar in keine Schublade, aber das

war ja das Coole. Ich hab sie ermutigt weiterzumachen. Inzwischen haben wir diverse gemeinsame Songs und ohne Ende Shows zusammen gespielt.

Im Prinzip ist die Vereinigung unterschiedlicher Stile und Zielgruppen, wie Fitti sie betreibt, für mich eine Rückbesinnung auf meine musikalische Sozialisation. In meiner Jugend hab ich alles quer durcheinandergehört. Von Hardcore-Metal über Technokram bis zu Pop. Musik ist für mich ein zu vielschichtiger Bereich, um mich auf einen Stil einzuschießen. Das geht Fitti ähnlich. Dir auch? Dann blätter einmal um und schmeiß mit uns die Jukebox an.

Wer die Anatomie der Fitti-Hits checken will, geht zu Seite 134.

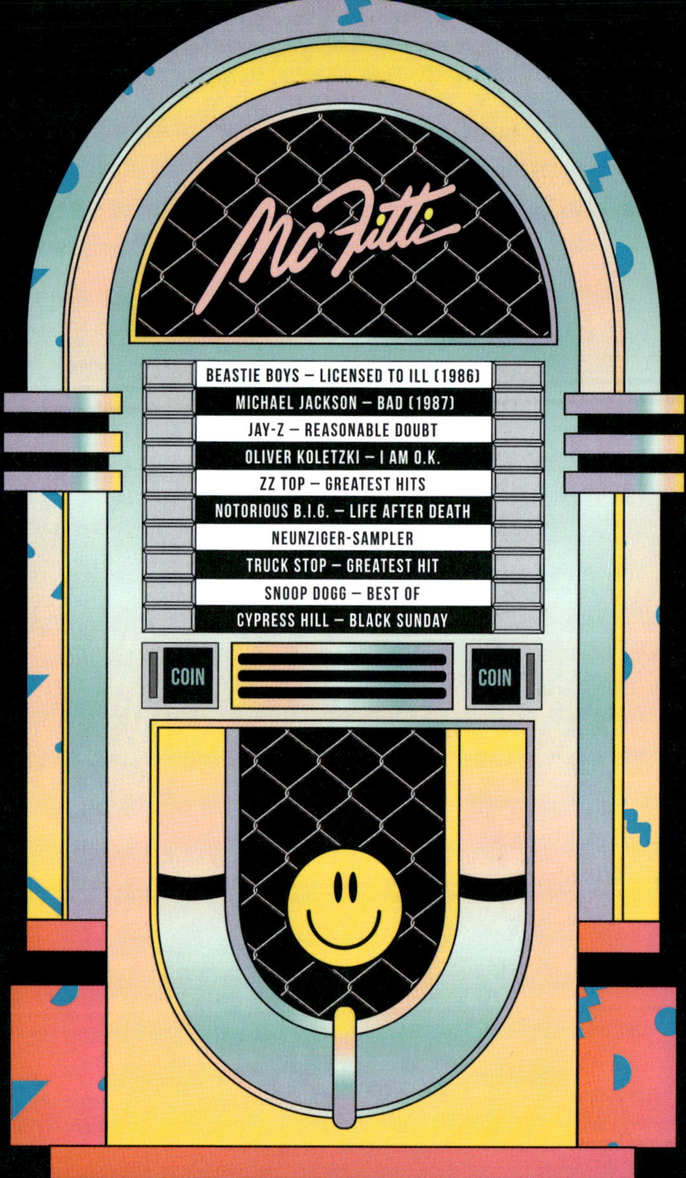
Mc Fitti
BEASTIE BOYS – LICENSED TO ILL (1986)
MICHAEL JACKSON – BAD (1987)
JAY-Z – REASONABLE DOUBT
OLIVER KOLETZKI – I AM O.K.
ZZ TOP – GREATEST HITS
NOTORIOUS B.I.G. – LIFE AFTER DEATH
NEUNZIGER-SAMPLER
TRUCK STOP – GREATEST HIT
SNOOP DOGG – BEST OF
CYPRESS HILL – BLACK SUNDAY
COIN
COIN

DIE JUKEBOX

Cooler Typ, der Vokalmatador, oder? Wenn er erzählt, bekommt man gleich Lust auf Musik. Jetzt hören wir welche. Stell dir vor, ein Orkan wäre übers Ostkreuz gewirbelt und die Crew musste nach drinnen flüchten. In eine reale Bierpinte mit Jukebox. Auf wundersame Weise hat die alte Wurlitzer nur Platten im Angebot, die auf der MC-Fitti-Playlist eine wichtige Rolle spielen. Die Top Ten.

- **BEASTIE BOYS – LICENSED TO ILL:** Ich fänd's lustig, eine Story über einen peinlichen ersten Plattenkauf zu Protokoll zu geben, aber sie wäre eine Lüge. Denn meine erste Platte war das erste Beastie-Boys-Album. Ein epochaler Brummer mit 13 Songs, von denen sieben Singles und alle Hits waren. Man sagt über die Platte, sie hätte den Hip-Hop verändert. Stimmt wohl. Ich sag nur: You Gotta Fight for Your Right to Party! Haben die Beasties gemacht und damit den Weg für Konfetti-Rapper wie mich geebnet. Danke, Jungs.
- **MICHAEL JACKSON – BAD:** Spätestens seit Michael Jackson tot ist, darf man ja nichts Schlechtes mehr über ihn sagen. Muss man auch nicht. Peter-Pan-Syndrom und lockere Nase hin oder her, musikalisch gesehen war der Mann ein Knaller. Ich gebe also ohne Scham zu, dass »Bad« auf meinem Walkman damals rauf und runter lief. Eigentlich hätte ich gern die CD-Version gehabt, weil da im Gegensatz zu MC und LP noch der Bonus-Track »Leave me Alone« drauf war. Aber ich hatte damals noch keinen CD-Player.
- **JAY-Z – REASONABLE DOUBT:** Jay-Z hat jeden seiner 16 Grammys verdient. Auch wenn ich nicht alle seiner Kollabos super finde, ist der Typ einfach mal Granate. Es gibt keine Situation, wo er nicht passt. Top-produziert, reale Beats, krasser Background. Dass er mit Rocawear seine eigene Klamottenmarke besitzt, Miteigner der

Brooklyn Nets ist und mit Supergattin Beyoncé ein echt schnelles Pony im Stall hat, sollte nicht davon ablenken, dass gerade seine älteren Sachen krasse Hip-Hop-Meilensteine sind.

- **OLIVER KOLETZKI – I AM OK:** »I am OK« kam während der MMXIV-Tour raus und lief bei uns im Bus relativ heiß – wie auf vorherigen Touren schon die anderen Platten, die mein Freund Oliver Koletzki bei seinem Stil-vor-Talent-Label herausgebraucht hat. Wenn ich über Koletzkis Musik sage, dass sie locker durchläuft, meine ich das als Kompliment. Seine Sachen sind unaufdringlich, provozieren aber gerade wegen der unterschiedlichen Gastsänger immer wieder zum Aufhorchen.
- **ZZ TOP – GREATEST HITS:** Ich bin mal in einem Interview gefragt worden, bei wem ich gerne ein Feature machen würde. Da hab ich ZZ Top geantwortet. Ich glaube, der Typ dachte, ich verarsche ihn, dabei meinte ich das völlig ernst. Die Jungs machen krassen Bluesrock und werden nicht ohne Grund von Tarantino bis Kid Rock gefeiert. Auch wenn das viele denken, hat meine Affinität zu ihnen aber nichts mit ihren Bärten zu tun. Bart-Idole gibt's bei mir nicht. Auch wenn ich es mega finde, dass Billy und Dusty in den Achtzigern zwei Millionen Dollar in den Wind geschossen haben, die ihnen Gilette dafür geboten haben soll, dass sie sich für einen TV-Spot rasieren.
- **NOTORIOUS B.I.G. – LIFE AFTER DEATH:** Krasses Leben, krasser Typ. Dass Biggies einziges zu Lebzeiten erschienenes Album ausgerechnet den Titel »Ready to Die« trug, interpretieren manche als dunkle Vorahnung, andere als Ironie des Schicksals. Was mich angeht, finde ich seine bis heute ungeklärte Ermordung einfach nur ein Beispiel für krasse Gangster-Scheiße. Auch wenn sie das drei Wochen nach seinem Tod erschienene »Life after Death« verdientermaßen zum Über-Hit (zehnfach Platin) gemacht hat. Zum Mahnmal allerdings auch.

- **NEUNZIGER-SAMPLER:** Was Fernsehserien angeht, bin ich voll das Achtziger-Kind, aber musikmäßig haben die Neunziger tiefere Spuren hinterlassen. Und weil eine Jukebox ohne Hits-Sampler keine richtige Jukebox ist, gehört für mich eine Charts-Compilation zu den neunziger Jahren mit rein. Scooter, Die Fantastischen Vier, Snap, Coolio, Scatman John – was man früher im Radio weggeschaltet hat, eignet sich heute bestens zum Partymachen. Noch mehr kracht nur der eigene Nineties-Mix.
- **TRUCK STOP – GREATEST HIT:** Dass die Countrytruppe aus Seevetal-Maschen Humor hat, weiß man, seit sie mit Stefan Raab den Nummer-eins-Hit »Maschendrahtzaun« gemacht hat. Andererseits muss man nur Trashnummern wie »Die Frau mit dem Gurt«, »Take it easy, altes Haus« oder »Durch Sachsen ohne Anhalt« hören, um Bescheid zu wissen. Um auf die Straße zu kommen, helfen ein, zwei Songs aus dem endlosen Katalog der Band. Wenn ich lange nicht unterwegs war, brauch ich das.
- **SNOOP DOGG – BEST OF:** Seit wir im Juli 2014 beide beim Greenville-Festival gespielt haben, bezeichne ich Snoop Dogg nur noch als »den Kollegen« – auch wenn er zu diesem Zeitpunkt schon als Snoop Lion und mit »Reincarnated« übelst rastafari unterwegs war. Unsympathisch ist das nicht, meine persönliche Vorliebe gilt trotzdem eher seinem Frühwerk. Das kann man irgendwie immer hören. Egal ob im Backstage vor dem Auftritt oder in einer Bierkneipe, während draußen Xaver wütet.
- **CYPRESS HILL – BLACK SUNDAY:** Der Kreis schließt sich, indem wir ins Beastie-Boys-Umfeld zurückkehren. Cypress Hill haben sich stets weiterentwickelt und damit ihren künstlerischen Ruf gefestigt. Ihr erfolgreichstes Album »Black Sunday« bleibt trotzdem ungeschlagen. Ich höre es bis heute gern und muss damit die Hoffnung enttäuschen, dass es doch noch ein Deutschrap-Act in die Top Ten schafft.

Deine Lieblingsband war nicht dabei?
Dann triffst du sie auf Seite 134.

HIT-WERKSTATT

Mucke gehört ins Ohr nicht auf den Seziertisch, trotzdem wollen immer wieder Leute wissen, wie Fitti-Hits entstehen. Udo Zwackel sagt: Damit was rauskommt, muss man erst mal was reinstecken. Fragt sich nur, was. Die Zutatenliste:

- **BEATS:** Mit ihnen fängt alles an. Je nach Professionalitätslevel kann man Beats umsonst oder kostenpflichtig über Hip-Hop-Portale downloaden, sie am Rechner selbst bauen oder bei Experten in Auftrag geben. Ob sie funktionieren, weiß man meist schon beim ersten Hören. Bauchgefühl lügt nie.

- **GOOGLE:** Nach dem Beat kommt der Text. Entweder man hat schon vorher eine Idee oder man schmeißt Google an. Quatsch eingeben und so lange rumdaddeln, bis man sich gackernd auf dem Boden wälzt und zwischen den Lachflashs Textzeilen ausspuckt. So ähnlich ist »Roflcopter« entstanden.

- **MOOD:** Jeder Song ist sein eigener Planet. Der Hörer muss schnell verstehen, welche Stimmung dort herrscht. Oft reicht die Aneinanderreihung weniger Begriffe, um das Kopfkino anzukurbeln. »30 Grad, Flamingos und Flipper« ist so eine Wortkette, bei der jeder sofort weiß, wo die Reise hingeht. Sommerhit! Fragen bleiben keine offen, also kann man beim zweiten Refrain easy mitsingen.

- **SLANG:** Ein Songtext ist wie der Corner. Man muss sich mit ihm wohl fühlen. Bei Rap-Lyrics heißt das, dass sie die eigene Sprache sprechen müssen, um in den Flow zu kommen. Bei mir muss es flotschen und lasern, pinki-ponko und knipsi-knipsi machen, die

Radellen müssen heißlaufen, das Blubberwasser kochen und die Rakete zischen. So würde ich es mit meinen Worten ausdrücken. Auch wie am Corner.

- **AUTO-TUNES:** Ich sabbel meinen Text runter, und der Zwackel pegelt das ein. So läuft das. Doch Zwackel wäre verloren ohne Auto-Tunes. Als Stimmwunder ohne Stimme bin ich übelst Fan von dieser Erfindung. Sie ist mein Personal Power-Pitcher, Monophonie-Roboter und Vibrato-Pimper! Unschlagbar beim Ausbügeln verhauener Töne. Wenn's mit dem Rappen nicht mehr läuft, sing ich Opernarien.

- **FEATURES:** Features sind nicht nur Freundschaftsdienste unter Kumpels, sondern auch am Hörer. Sie sorgen für Abwechslung und kitzeln die Neugier. Wenn ich mit deiner Platte durch bin, höre ich bei deinen Feature-Kollegen weiter und treffe dich irgendwann bei ihnen als Feature-Gast wieder. Der Familienkreis schließt sich, und alle haben was davon gehabt. Mach-mal-mit im Akustikformat.

- **EGO:** Die Hip-Hop-Szene ist das Schlachtfeld der Über-Egos. Man kann nur überleben, wenn man sich größer macht, als man wirklich ist. Eminem erklärt sich zum Rap-God, Lil Wayne zum Best Rapper Alive, ich tret so lange den Bass, so krass wie's keiner kann.

Nächste Seite: Musikantenalarm!
Das unterirdische Zuppelorchester stellt sich vor.

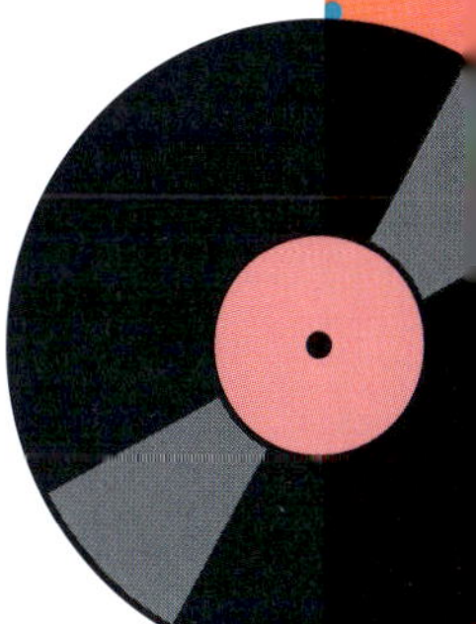

Genug musiziert? Drink gefällig?
Ab an die Bar auf Seite 100.

EINE BAND FÜR GEWISSE STUNDEN: DAS ZUPPELORCHESTER

Udo Zwackel ist nicht nur Hitschreiber und Über-Produzent, er ist auch Dirigent des unterirdischen Zuppelorchesters – eine Band wie es sie auf der Welt nur einmal gibt. Die Truppe akzeptiert nur Mitglieder, die das Instrument, das sie spielen, NICHT beherrschen, und verweigert jegliche Synchronität. Hättest du Bock drauf? Dann bewirb dich! Aber wisse, mit wem du in Konkurrenz trittst.

- **SCHLAGZEUG: DER BARON** Der Premium-Kandidat unter den Playback-Trommlern ist ein Mann mit zwei Gesichtern. Backstage gibt er den feinen Herrn, trinkt Kaffee mit abgespreiztem Finger und macht als offizieller Wiedergänger des Rocher-Barons von sich reden, aber wenn er die Bühne stürmt, mutiert er zum Yolo-Bärchi. Heidewitzka, man möchte nicht das Schlagzeug sein, auf dem er rumfuhrwerkt. Es sei denn, man steht auf Dresche. Sein Drumstick-High-Energy-Level fährt er sonst nur auf Medienpartys.

- **BASS: EFFE** Je teurer der Bass, den man Effe in die Hand drückt, desto kamerageiler wird er. Bei The Dome hat er so gestrahlt, dass die Kamera sich mehr für sein Gesicht als für sein kostbares Instrument interessiert hat. Also hat Zwackel beim Bundesvision Song Contest ein preiswerteres Exemplar genommen. Aber Billig-Bass ist für Effe wie Billig-Batterie. Er fährt nur halbe Kraft. Die Folge: keine einzige Großaufnahme. Das nächste Mal besorgen wir ihm eine Limited-Edition von Ritter.

- **BACKUP-MC: VOKALMATADOR** Eigentlich ist er zu gut für die Band, aber als Quoten-Könner darf VM mitzuppeln. Bei ihm stimmt das Playback. Ein Feature für verzweifelte Kameramänner.

KEYBOARD: JÜRGEN SCHMALLOP Dass Schmallop malen kann, liest man ab SEITE 44, dass er nicht keyboarden kann, sah man bei The Dome 64. Zumindest, wenn man live dabei war. Da hat er sich beim „Spielen" immer um die eigene Achse gedreht. Bei der TV-Ausstrahlung haben sie das so geschnitten, dass es aussah, als hätte er richtig gelegen. Spielverderber!

DJ: KATZENMASKE Hier kommt die Antwort, warum Katzenmaske das Style-Kapitel anmoderieren musste, obwohl er lieber die Musik gehabt hätte: Er sieht sogar als Fake-DJ so gut aus, dass die Mädels beim Bundesvision Song Contest reihenweise in Ohnmacht fielen, wenn er einen Finger gerührt hat.

BACKGROUND-TÄNZER: FLAMINGO-GIRLS Die Supremes, die Ikettes, Tic Tac Toe? Warum Holzklasse fliegen, wenn man auch die First Class haben kann? Flamingos sind mehr als nur Backgroundtänzerinnen. Sie sind die Girl-Group in der Supergroup. Drei Schnäbel, sechs Beine, tausend Moves. Go, go, Girls!

Einen Titelsong für die Fitcom bauen? Einmal umblättern bitte.

TITELSONG

AUSSEN, CORNER, MORGENGRAUEN

Ostkreuz. Die Crew ist auf einen Absacker zum Corner zurückgekehrt. FITTI und VM sitzen auf der Bank. IZZO und KATZENMASKE stehen davor. Im Hintergrund pinkeln RAOUL und SCHMALLOP an einen Busch

KATZENMASKE: Kann mal einer Mucke anmachen?

VM: Geht nicht, mein Handy ist doch platt.

FITTI: Alter, wisst ihr, was wir vergessen haben?

KATZENMASKE: Wenn du Raoul und Schmallop meinst ... Die haben wir nicht vergessen, die sind nur schiffen.

FITTI: Nee, von wegen Mucke: Die Fitcom hat gar kein Titellied.

IZZO: Nimm »30 Grad«. Oder freestyle was. Dagga-dagga-mäßig.

FITTI: Ich dachte eher an Retro. Wie das »Colt für alle Fälle«-Intro.

VM *(singt)*: I might fall from a tall building, I might roll a brand new car!

KATZENMASKE & IZZO *(stimmen grölend mit ein)*: Cause I'm the unknown Stuntman!

SCHMALLOP *(von hinten)*: That makes Redford such a Star!

FITTI: Richtig. Aber fresh. Sozusagen im Klolektüren-Format.

IZZO: Versteh ich nicht.

FITTI: Irgendwie so: Auf dem Sofa, da kuckt man Baywatch und am Corner, da kuckt man Kiez ... Äh ...

VM: Doch beim Kacken kuckt man Fitcom?

FITTI *(grinst)*: Genau!

SCHMALLOP *(von hinten)*: Jeder lacht und keiner sieht's!

IZZO: HAHAHAHAHAHAHAHA! Find ich gut!

SCHMALLOP *(ist fertig mit Pinkeln und kommt zur Bank. RAOUL folgt)*: Du, ich sing dir das. Country-Style. Ist voll mein Ding.

IZZO: HAHAHAHAHA! Ein Schmallop für alle Fälle!

SCHMALLOP: Was gibt's 'n da so blöd zu lachen?

IZZO: HAHAHAHAHA! Cowboyhut statt Fitted-Cap, oder was?

Eine Windböe weht SCHMALLOP das Cap vom Kopf. Es wird durch einen Cowboyhut ersetzt, der mit lautem »Boing« aus den Wolken fliegt. Das Playback von »Unknown Stuntman« setzt ein, SCHMALLOP singt das Lied mit neuem Text. Der Rest guckt, als wäre er ein Alien.

SCHMALLOP *(singt):* Jürgen Schmallop macht die Dosen klar
Und Izzo fliegt Flamingo
MC Fitti ist der Fitcom-Star
Und du, guckst zu! *(unterstreichende Geste zum Zuschauer)*
Die Katzenmaske flasht die Beats
Und Vokalmatador die Crowd
Zusammen sind sie übelst Ostkreuz-Crew

Ab hier geht das Ganze als Ab-/Vorspann mit Szenenausschnitten aus anderen Fitcom-Folgen weiter. Den Refrain singen alle gemeinsam.

SCHMALLOP *(singt):* Ganz nah am Gescheh'n, aber nie zu sehn
Ist Udo Zwackel
Der hat Witz, der macht Hits, sobald er am Touchscreen dreht
Wenn die Gang peng-peng im Chaos hängt
Dann ist Raoul on fire
Bis die Klobrille brennt und der Letzte erkennt, was geht:

ALLE: Auf dem Sofa da kuckt man Baywatch
Und am Corner, da kuckt man Kiez
Doch beim Kacken kuckt man Fitcom

SCHMALLOP: Jeder lacht, doch keiner sieht's!

Gelächter, Klatschen, Black. ENDE von Fitcom-Staffel eins.

Alles nochmal von vorne? Zurück zu Seite 20.

Joker ziehen? Ab zu Seite 156.

Ohne mein Bruce-Lee-Outfit weiter zu beachten, drücke ich mit aller Kraft den Fensterhebeknopf. Erfolglos. Nichts passiert. Ich höre Hans-Henry neben mir kichern.
»Was wird'n das hier?«, blöke ich ihn an. »Ne Entführung?«
»Unsinn. Heut ist ein schöner Tag. Wir fahren spazieren.«
»Und verfolgen ahnungslose Autofahrerinnen, oder was?«
Kopfschütteln: »Sie hat den Blinker an, hier fährt sie ab.«
Tatsache! Die Ente ordnet sich auf der Abfahrtsspur ein. Unser Fahrer zieht mit Vollspeed an ihr vorbei. Einen Augenblick lang erkenne ich die Person, die zu den tanzenden Haare gehört: einen bärtigen Hippie, der Sonnenbrille trägt und aussieht wie ich. Nur mit langen Zotteln. Nun muss ich kichern.
»Alter, weißt du was?«, sage ich zu Hans Henry.
»Schon klar. Das Mädchen war ein Typ. Hahaha. Sehr lustig.«
»Wie? Du wusstest es?«
»Sicher. Ist ja jedes Mal das Gleiche.«
Jedes Mal das Gleiche? Jetzt versteh ich gar nichts mehr. Wortlos sehe ich zu, wie mein Nebenmann einen Schluck Pfeffi trinkt – diesmal aus der Flasche. Dabei fällt mir auf, dass auch in dieser Pulle ein Mini-Delfin durchs Grün taucht. Mein Retter-Gen ist zurück. Ich muss Flipper aus den Goldklauen dieses Wahnsinnigen befreien. Durchatmen. Die hinterm Fenster vorbeifliegende Landschaft betrachten. Warum rasen wir eigentlich so? Aber eins nach dem anderen.
»Darf ich auch noch nen Schluck?«, frage ich beiläufig.
»Klar«, lautet die erfreute Antwort. »Reich mir dein Glas?«
»Ich kann auch aus der Flasche trinken.«
»Nein, das wäre unhygienisch.«
»Dann will ich mir selbst einschenken.«
»Kommt nicht in Frage. Du bist mein Gast.«

Jetzt reicht's mir. Mit einer Bruce-Lee-mäßigen Turbo-Wendung drehe ich mich nach links, um Hans-Henry die Flasche zu entreißen. Doch seine Faust umklammert das Ding so fest wie ein Schraubstock. Stummes Ringen um den Flipper-Pfeffi. Ein röchelndes Geräusch vom Fahrersitz lässt mich aufhorchen. Erst denke ich, der Chauffeur räuspert sich, dann wird mir klar: Der Typ schnarcht. Das ist ja lebensgefährlich hier. Ohne die Flasche loszulassen, sehe ich Hans-Henry an.
»Kann es sein, dass dein Fahrer ein Nickerchen macht?«
»Das ist okay«, presst er hervor. »Er macht Pause.«
»Pause? Bei 200-km/h auf der Autobahn?«
Die Welt jenseits der Scheiben besteht nur noch aus Bewegungsschlieren. Mit meiner freien Hand versuche ich den Chauffeur wach zu rütteln. Unbeeindruckt rutscht er im Sitz tiefer. Hans-Henry nutzt den Moment der Ablenkung, um blitzschnell die Pulle in unseren Händen umzudrehen. Verblüfft sehe ich nach unten. Pfeffi fließt auf die cremefarbenen Sitze. Grünes Pladdern. Hört gar nicht mehr auf. Schon ist der Fußraum voll mit Minzlikör, dann der halbe Wagen. Das Zeug steigt wie das Wasser in der Titanic. Hastig suche ich die klebrig-schwappende Flut nach dem Mini-Delfin ab. Erfolglos. Erst als mir der Pfeffi bis zur Brust reicht, gebe ich es auf und gucke hoch – um im gleichen Moment festzustellen, dass nicht mehr Hans-Henry, sondern Flipper neben mir sitzt. In Originalgröße. Schwarze Augen, Keckern, High-Five. Er drückt mit der linken Flosse den Fensteröffner. Prompt fahren die Scheiben runter. Auch bei mir funktioniert es auf einmal. Während der Pfeffi zu beiden Seiten abläuft, fällt mir auf, dass sich draußen nichts befindet als stilles, stummes Weiß – obwohl uns in der Windschutzscheibe noch immer die Autobahn entgegenrast. Projektionsfenster? Illusionskabine? Irrsinn? Egal. Aufsteigen, Finne umklammern, Sprung aus dem Fenster. Sausen durchs Nichts. Als ich zurückblicke, löst sich der im Nichts schwebende CC in leuchtende LOLs und YOLOs auf. Schon seltsam. Aber diesmal lass ich Flipper nicht so schnell los. Übelst Abfahrt. Wer Hans Delfin ist, kann ich später noch googeln. Flow! ENDE

AUF PR-TOUR MIT DEN FLAMINGO-GIRLS

Was soll das hier werden? Eine Pressekonferenz? Könnt ihr haben. Der Schnatterarm ist am Start. Oder besser gesagt, DREI Schnatterarme. Wir Flamingo-Girls sind ja meistens zu dritt. Deshalb könnte das jetzt auch ein bisschen chaotisch werden, weil natürlich jede von uns ihren eigenen …

So ist es! Jede von uns hat ihren eigenen Schnatterarm. Wie soll es denn sonst sein? Ein Schnatterarm für alle drei zusammen? Das wäre ja wie Drillinge mit nur einem Bein.

Wobei man bedenken sollte, dass echte Flamingos den Großteil ihres Lebens tatsächlich einbeinig im Wasser rumstehen.

Ist das so?

Ich wollte eigentlich nur sagen, dass es ein bisschen chaotisch werden könnte, weil jede von uns ihren eigenen Gesprächsanteil einfordern wird. So ist es doch, Mädels.

Aber nur weil wir keine richtige Übung in Pressekonferenzen haben. Wir sind ja normalerweise eher zum Tanzen da.

Genau. Deswegen singt Fitti in seinem Lied über uns »Du tanzt wie ne Lady, aber feierst wie ein Kerl«.

Apropos Feiern. Hattest du gesagt, der Schampus steht kalt?

Schon. Aber sind wir nicht zum Arbeiten hier?

Und? Wir haben beim BSC auch gearbeitet und trotzdem Schampus getrunken. Und bei The Dome. Und bei TV Total. Und bei …

Schon gut, ich hol die Flasche?

Mein Fitti-Lieblingsmoment war bei Stefan Raab auf der Couch. Keinen Ton gesagt, aber nonstop Schnatterarm-Alarm. Ich hab die ganze Zeit das Publikum angeflirtet. Mit Erfolg: Wenig später haben die Flamingo-Girls die 1000-Likes-Marke bei Facebook geknackt.

Darauf sollten wir jetzt wirklich anstoßen! Prost, liebe Leser!

Laser? Laserfete? Auf sie mit Gebrüll?

Leser! Die Leute, die das hier lesen, meinte ich. Die können doch auch mittrinken.

Ach so, natürlich. Sollen sie sogar.

Noch mehr zu trinken gibt's übrigens auf ***SEITE 100.***

Oder du gehst auf der nächsten Seite zu Fittis Lampenfieber-Workshop. Wir flattern später wieder ein. Flamingo-Love!

LAMPENFIEBER-WORKSHOP

Schon wieder weggeflattert, die Flamingo-Girls? Dann können wir ja unter vier Augen reden. Ich werde oft gefragt, ob ich aufgeregt bin vor Auftritten auf der Bühne oder im Fernsehen. Darauf antworte ich: Schon, aber ich kann mittlerweile damit umgehen. Mittlerweile wohlgemerkt. Wenn ich an die erste MC-Fitti-Show im Kater Holzig zurückdenke, sah das anders aus. Da hab ich gekotzt vor Lampenfieber. Vor der Show saß ich im Backstage mit meinen Bärten aus Kunstfell, die ich ans Publikum verteilen wollte – braune für die Boys, pinke für die Girls –, und wäre am liebsten weggelaufen. Die tausend Strategien, die ich mir zurechtgelegt hatte, und mein minutiös strukturierter Ablauf wurden knallhart von der Realität eingeholt. Inzwischen bin ich der Meinung, dass man nur zwei Dinge wirklich planen kann: Entweder es wird super oder es wird scheiße. Kater Holzig sollte super werden. Das hat mich übelst unter Druck gesetzt. Aber es hat geklappt. Auch oder gerade weil der Auftritt am Ende wenig mit meinen ursprünglichen Vorstellungen zu tun hatte. Daraus hab ich gelernt: Ein Plan sollte immer nur so fest im Hirn verankert sein, dass noch genug Spielraum da ist, um ihn spontan über den Haufen zu werfen. Weil es *nie* so kommt, wie man es erwartet. Und weil die Wirklichkeit anders tickt als das eigene Brain. Und damit willkommen zum Lampenfieber-Workshop.

- **LEKTION EINS:** Lampenfieber hat jeder, man muss dafür nicht auf der Bühne stehen. Zwei Beispiele: Stell dir vor, du bist zu einer Party eingeladen oder gibst selber eine. In deinem Kopf flattern die Fragen: Wer kommt? Klappt alles? Ist das schnelle Pony aus der letzten Woche auch wieder am Start? Dann suchst du Klamotten raus, trinkst ein Glas Rotkäppchen und hörst bestimmte Musik, um in Stimmung zu kommen. Das Gefühl, dass du dabei hast, ist nichts anderes als Lampenfieber. Du machst dich hübsch, du willst vor den Freunden eine gute Figur machen, du willst, dass alles super wird. Sprich: Du bist aufgeregt. Zweites Beispiel: Die erste Autofahrt mit dem eigenen Führerschein! Auch da ist man am Anfang kribbelig wie Hupe. Eigentlich weiß man, dass man erst Innenspiegel guckt, dann Außenspiegel guckt und dann Blinker setzt ... Äh, oder umgekehrt? Verwirrung. Alles noch nicht richtig drin. Wenn dann unerwartet einer von rechts und einer von hinten kommt und man bremsen muss, ist Adrenalin-Alarm. Alles schrecklich also? Nein. Und damit: Next Level.

LEKTION ZWEI: Lampenfieber ist gut. Es ist nichts anderes als übertriebene Vorfreude. Man hat sich etwas vorgenommen, und jetzt wird es gemacht. Machen ist immer besser als Nichtmachen. Wenn es die eigenen Fähigkeiten überfordert, entwickelt man sich dadurch weiter. Und nach ein paar Wiederholungen kristallisieren sich Rituale heraus. Die muss man nur erkennen.

LEKTION DREI: Auf den Körper hören! Klingt komisch, aber ich habe wirklich das Gefühl, dass sich mein Körper auf Lampenfiebersituationen eingegroovt hat. Wenn ich ihm nicht in die Parade fahre, dreht er nicht mehr so leicht durch. Bezogen auf Auftritte heißt das: Nicht direkt vor dem Auftritt, sondern immer ein paar Stunden früher essen. Rechtzeitig Klamotten raussuchen und Programm festlegen. Vor dem Auftritt mit den Bühnenkollegen abklatschen und noch mal pinkeln gehen. Lampenfieber durch die Harnröhre entsorgen quasi. Auch ein Super-Hobby.

Showtime! Auf der nächsten Seite: MC Fittis TV-Highlights.

Oder: Star zum Anfassen! Autogrammstunde auf Seite 146.

FITTI ON AIR – DIE HIGHLIGHTS

Seit dem Fitti-Fernseh-Debüt bei The Dome 64 haben wir so ziemlich alle Talkformate mitgenommen, die im Gegenwarts-TV wichtig und unwichtig sind. Jedes Crew-Mitglied hat seine eigenen Lieblingsmomente. Die Top Ten!

- 1. FITTI: »Ein Riesen-Highlight war der ZDF-Fernsehgarten. Die haben uns einfliegen lassen. Superstarfeeling. Den Rest glaubt man nur, wenn man dabei war. Eine Armada von Omas und Opas sitzt mit Fitti-Pappmasken vor der Bühne und klatscht zu ›30 Grad kolumbianischer Schnee‹. Die Zeile mussten wir vorher durchkämpfen. Haben wir geschafft. Sternstunde fürs ZDF und für uns.«

- 2. FLAMINGO I: »Mein Fitti-TV-Highlight? Circus Halli Galli. Wir alle in Mönchskutten auf die Bühne. Schwarzlicht. Düstere Gothic-Choräle. Und dann … Peng! Die Konfettikanone explodiert, Beats-Alarm und alle schmeißen ihre Kutten ab. Voll Flamingo-Style.«

- 3. RAOUL: »Markus Lanz! Wir: Publikum, erste Reihe. Katze muss seine Maske absetzen, angeblich stört sie das Bild. Als in der Show das Gespräch auf ihn kommt, fragt Lanz, ob Katzenmaske mit im Studio ist. Fitti dreht sich um, guckt Katze an und sagt: ›Nee, der ist nicht hier.‹ Katze dreht sich ebenfalls um und schüttelt den Kopf. Superunauffällig. Und bei YouTube immer wieder ein Knaller.«

- 4. SCHMALLOP: »Alter, was soll ich sagen? Ich bin Jürgen Schmallop, bekannt von The Dome. The Dome war dope. Ich als Playback-Gitarrist im unterirdischen Zwackel-Orchester. Immer die Arme hochgerissen, während das Playback weiterlief. Dada. Nur schade, dass sie die Fehler bei der Ausstrahlung rausgeschnitten haben.«

5. **VM:** »Auf dem Hausboot bei ›Berlin Tag & Nacht‹ war's sehr lustig. Noch besser als der Dreh war allerdings die Autogrammstunde danach. Ein pummeliges Mädchen kam an, und Fitti wollte nett zu ihr sein: ›Hey, ist ja süß, du bist schwanger, oder?‹ Sie: ›Nee, so was von gar nicht, du Arsch.‹ Top-Fettnapf.«

6. **FLAMINGO II:** *»Mein Fitti-TV-Lieblingsmoment? Siehe* ***SEITE 141****.«*

7. **KATZENMASKE:** »Ein Katzenleben für den Bundesvision Song Contest. Vorm Auftritt: Fitti-Pappmasken im Saal verteilen. Beim Auftritt: Durchdrehen! Nach dem Auftritt: Aftershowparty. Da haben wir noch gebreakt. Alle voll. Mega.«

8. **IZZO:** »HAHAHAHA! Bundesvision! 500 Euro für einen Auftritt im Flamingo-Tutu? Ohne mich. Dann lieber mein Interview im Living Room von Joiz.tv. Zick und Zack, Izzo war gut drauf. Die Macher fanden's ›legendär‹, ich fand's Homie.«

9. **FLAMINGO III:** »Gehen auch Tiefpunkte? Morgenmagazine! Durchfeiern geht nicht, sonst schläft man beim Warten ein, und superfrühes Aufstehen ist nicht Flamingo-Style. Absurd war's beim ARD-MoMa. Da war es so eng, dass wir in Sportstudio, Tagesschau-Studio und MoMa-Studio gleichzeitig drinstanden.«

10. **UDO ZWACKEL:** »Udo Zwackel sagt: Fernseher? Hab ich nicht. Aber YouTube! Check this: ›Udo Zwackel Shout out‹! Gänsehaut!«

Rote Lampe aus! Zur Aftershow-Autogrammstunde: nächste Seite.

Wer jetzt von großen Auftritten träumt, geht zu Seite 136!

AUTOGRAMMSTUNDE

»Nicht drängeln! Jeder kommt dran! Selfies sind erlaubt.«
»Kannst du ›Für Susi‹ schreiben?«
»Klar. Bitte schön!«
»Aber das kann ja kein Mensch lesen.«
»Du musst die Karte umdrehen, Susi!«
»O Gott. Ja, logisch, sorry. Aber ich bin gar nicht Susi.«
»Ach so, tut mir leid.«
»Macht nichts. Können wir ein Foto machen?«
»Klar. Komm her.«
»Nicht mit mir!«
»Ach so. Mit wem denn?«
»Na, mit Susi.«
»Äh … Und wo ist Susi?«
»Eine Etage tiefer! Immer der Leine nach! Ich hoffe, du hast keine Hundehaar-Allergie.«
Wer glaubt, er hat alles durch, lernt am Signiertisch doch noch dazu. Ich bin echt geflasht von der Kreativität der Autogrammjäger. Ich hab Mädels erlebt, die sich mein Tag beim Tätowierer nachstechen lassen wollten, und Jungs, denen ich das ganze Ohr vollmalen durfte. Ein Girl wollte ein Autogramm auf den Hintern. Hab ich die Arschritze als Vertikale fürs F benutzt. Und apropos Hund: In Stuttgart kam eine Frau mit Dackel. Den hab ich kurz gestreichelt. Sie ist ausgeflippt:
»Hat er ihn angefasst? Echt angefasst?«
Ich dachte, sie hat Angst um das Tier, aber sie fand's geil, dass ich es berührt hatte. Wilde Sache. Weil immer mal Leute leer ausgehen, gibt's hier ein Autogramm ohne Anstehen.

Pfeffi trinken statt schnippeln? Dann prost und ab zu Seite 42.

Auf den Geschmack gekommen?
Weiterschnippeln auf Seite 30.

MC FITTI ©
MC BREAKER DJ
MMXIII
MC FITTI #
McFitti

Scheiß drauf! Auch wenn mir die Situation alles andere als geheuer ist, schiebe ich die goldene Pfeffi-Faust zur Seite, springe auf die Rückbank des CC und ziehe die Tür hinter mir zu. Auf einmal: getönte Scheiben, gediegene Loungemusik, cremefarbene Kunstledersitze, Armaturen aus Eichenholzimitat ... Keine Spur von der technischen Überfrachtung, dem Elektrosmog oder den leeren Proseccodosen im Fußraum des Zwackmobils. Langsam drehe ich den Kopf nach links. Am Steuer sitzt ein Fahrer mit Uniform und Chauffeursmütze. In stoischer Gelassenheit lenkt er den Wagen durch das Straßengewirr der Ostkreuzhood. Mein Blick wandert weiter zu dem Mann neben mir auf der Rückbank. Weißes Sakko, dunkle Fliege, Stoffhose, Halbschuhe und vor seinem Gesicht: eine MC-Fitti-Pappmaske, in deren ausgeschnittener Mundöffnung gerade der Hals der Pfeffi-Flasche steckt. Genüssliches Gluckern. Das Gesicht hinter der Maske kann ich nicht erkennen, dafür kommt mir die Sechziger-Jahre-Matte bekannt vor.

»Prost«, sage ich. Und dann: »Bist du Hans Delfin?«

Während der Typ die Flasche absetzt, wendet er sich mir zu. Ich blicke in die grinsende Pappversion meines eigenen Gesichts. Hinter den Augenlöchern blitzen Brillengläser.

»Ich habe viele Namen«, sagt die kehlig-rauchige Stimme. »Willst'n Schluck?«

»Nee, lass mal. Hättest du was dagegen, die Maske abzunehmen?«

»Nein, wieso?«

»Weil ich Leuten gerne ins Gesicht gucke, mit denen ich im Auto sitze.«

Jetzt meldet sich der Chauffeur von vorne zu Wort: »Na los, Henry, zeig dich mal ohne!«
Henry? Im nächsten Moment streift der Mann mit der Fliege die Maske ab, doch meine Hoffnung, sein komplettes Gesicht zu sehen, wird von der Tatsache enttäuscht, dass unter der Fitti-Pappe die berühmte Schnurrhaar-Halbmaske zum Vorschein kommt, die normalerweise Katzenmaske trägt. Mein nächster Gedanke springt direkt aus meinem Hirn auf meine Lippen.
»Okay, ich hab's kapiert. Du willst mich verarschen. Kannst du mir mal sagen, warum, Alter.«
»Nun werd aber nicht undankbar«, erwidert der Typ. »Du warst es doch, der im ersten Teil des Buches von der Suche nach dem Flipper in dir selbst geschrieben hat. Ich versuche nur, bei dieser Suche behilflich zu sein.«
»Und warum?«
»Ich bin Fan«, lautet die pikierte Antwort. »Sonst würde ich nicht diese alberne Maske aufsetzen.«
»Schon gut, tut mir leid«, gebe ich kleinlaut zurück. »Und du hast das Buch gelesen?«
»Aber ja. Am besten hat mir die Stelle gefallen, bei der Schmallop der Frau im Hinterhof seine Bierflasche auf den Kopf schmeißt. Übelst geilon.«
»Sie ist ja zum Glück nicht auf ihrem Kopf gelandet, sondern nur knapp daneben.«
»Egal, trotzdem lustig. Und diese Theorie von DJ MC Katzenmaske, dass die Maske vor der Maske gleichzeitig die Maske hinter der Maske ist … Genial. Schade allerdings, dass der Kollege Zwackel nie leibhaftig, sondern immer nur per WhatsApp in Erscheinung tritt.«
»*Kollege* Zwackel?«
»Ich bin ebenfalls Schlagerproduzent.«

»Du bist der Erste, der den Zwackmann als ›Schlagerproduzent‹ bezeichnet«, pruste ich los. »Darauf sollten wir doch trinken.«
In Nullkommanix zaubert der Mann zwei Schnapsgläser hervor und schenkt ein. Dabei singt er vergnügt »Radda, Radda« vor sich hin. Freak. Wir stoßen an. Schon der erste Tropfen macht meinen Kopf leicht und blubberig. Ein Blick aus dem Fenster zeigt mir, dass wir inzwischen auf der Autobahn sind. In schmierigen Streifen fließt die Welt jenseits der Scheibe dahin.
»Wo fahren wir überhaupt hin?«, frage ich mit schwerer Zunge.
»Immer der Ente hinterher?«, lautet die Antwort.
»Welcher Ente?«
Statt etwas zu erwidern, deutet mein Nebenmann nach vorne durch die Windschutzscheibe. Meine Augen folgen seinem goldenen Zeigefinger. Vor uns fährt ein knallroter Citroën 2CV. Durch das geöffnete Fahrerfenster lässt der Wind in luftigen Zeitlupenschnörkeln blonde Haarsträhnen tanzen.
»Sie fährt allein und sie scheint hübsch zu sein«, raunt der Katzenmann.
Prompt ist mein Unbehagen zurück. Während der Chauffeur das Tempo anzieht, um die Ente einzuholen, bereue ich die Entscheidung schon wieder, zu Hans oder Henry oder wie auch immer der Typ heißt, ins Auto gestiegen zu sein. Von wegen Flipper. Von wegen Schlagerproduzent. Ein Stalker ist das, der es offensichtlich nicht nur auf mich, sondern auch auf das Mädchen in der Ente abgesehen hat. Aber keine Angst, Hase, ich beschütz dich. Der Fitti-Kampfgeist ist geweckt, und der Pfeffi lässt ihn auflodern. Instinktiv balle ich die Fäuste und atme tief durch. Ich gucke an mir selbst herunter. Was ist das denn? Auf einmal trage ich einen gelben Ganzkörpertrainingsanzug mit schwarzen Streifen an den Seiten. Game of

Death. Ich strecke die Finger aus und wedele die Hände hin und her. Die Bewegung verschwimmt zu einem Fächer aus verzögert verblassenden Einzelbildern. Todesgrüße aus Shanghai. Schlagartig wird mir bewusst: Der Bruce Lee unterm Rücksitz bin ich selbst. Ich bin so baff, dass ich zusammenzucke, als Hans-Henry mich von der Seite anquatscht: »Ist sie nicht süß?«

»Äh … Was ist los?«

Er macht eine Kopfbewegung in Richtung Ente: »So weiches Haar.«

Der Typ hat sie doch nicht mehr alle. Aber darüber kann ich jetzt nicht weiter nachdenken. Wir haben die tanzenden blonden Strähnen beinahe eingeholt. Nun heißt es handeln. Fragt sich nur, wie?

Der diplomatische Weg: Fenster runterkurbeln und Alarm schlagen! Passiert auf Seite 138.

Die Action-Tour: Lass den Bruce in Fitti los und gib Hans-Henry Saures auf Seite 110.

MACH MAL MIT!

Hunde setzen ihre Marke, Millionäre bauen Häuser, Sprayer verewigen sich, indem sie ihre Tag-Signaturen an Hauswände setzen. Das tun sie, wenn sie große Bilder malen, aber noch viel öfter auf die Schnelle im Vorbeigehen mit Edding. Um die zweite Kategorie von Tags geht es hier. Sie sind im Grunde nichts anderes als die »I was here«- oder »Forever love«-Notizen, die an Sightseeing-Punkten von Touristen hinterlassen werden. Der Unterschied ist nur, dass Sprayer nicht erst Hunderte von Kilometern um die halbe Welt reisen müssen, um das Bedürfnis zu entwickeln, ihr Zeichen zu setzen. Im Gegenteil. Je tiefer ein Ort im eigenen Aktionsradius verankert ist, desto wichtiger ist die Plazierung von Tags. Das kann manchmal übelst stressig werden. Man stelle sich vor: Zehn oder zwanzig Leute sind zusammen unterwegs, und jeder von ihnen will gleichermaßen seine Signatur hinterlassen. Am besten noch zeitgleich auf einer Ein-Quadratmeter-Klokabine in irgendeinem Club.

Bei meiner Ostkreuz-Superhelden-Crew hat sich in solchen Fällen die Aufforderung »Mach mal mit!« zum geflügelten Wort entwickelt. Heißt: Einer geht aufs Klo und schreibt stellvertretend für die ganze Bande die Namen an die Wand. Sehr verantwortungsvolle Aufgabe übrigens. Der Mann mit dem Edding darf schließlich keinen vergessen. Auch Leute nicht, die er erst an diesem Abend kennengelernt hat oder die gar keinen Künstlernamen haben. Bei Letzteren wird dann einfach der Vorname aufgeschrieben. Ist zwar untypisch, aber wer mit der Mach-mal-mit-Crew durch die Clubs zieht, gehört automatisch mit rein in die Tag-Familie. Halbe Sachen gibt's nicht. Und wenn der Mit-Macher von der Anzahl der Leute überfordert ist, muss er sich halt einen Kumpel mitnehmen, der ihm die Namen diktiert.

Was das Ganze bringt? Es sollen natürlich alle wissen, dass man da gewesen ist. Das ist Ehrensache. Und es fördert die Kommunikation.

Besonders nach Partys ist es immer sehr lustig, wenn später diese »Ich hab gesehen, dass du auch da warst?«-Unterhaltungen zwischen Leuten losgehen, die sich zwar nicht persönlich getroffen, aber gegenseitig ihre Tags gelesen haben.

Die Doppeldeutigkeit des »Mach mal mit!« – wir sprechen mittlerweile nur noch von MMM – hab ich ehrlich gesagt erst beim Nachdenken über den Titel dieses Buches gerafft. Also, dass man nicht nur etwas *für* jemanden mit machen kann, sondern auch *bei* etwas mitmachen kann. Der Unterschied macht sich, glaub ich, daran fest, ob man es zusammen- oder auseinanderschreibt. Aber so was verwirrt einen Eierkopp wie mich nur unnötig. Deshalb ziehe ich mich mit einem krachenden »Mach mal mit!« aus der Affäre und verweise dabei auf das Beteiligungsprinzip dieses Buches:

Wenn du mehr übers Sprayen und Graffitis erfahren möchtest, lies weiter auf Seite 44.

Wenn du die Ostkreuz-Superhelden der MMM-Crew treffen willst, blättere zurück zu Seite 8.

DAS KIEZ-KINO: DER SPÄTI

Ein Phänomen, viele Namen: Je nach Region heißt es Kiosk, Büdchen oder Trinkhalle, in Berlin nennen wir es Späti. Die Abkürzung für »Spätkauf«. Dort gibt es Getränke, Zigaretten und Süßigkeiten und nicht selten einen unermüdlichen Besitzer, bei dem man sich fragt, ob er eigentlich nie schläft. Weil er immer da ist. Wenn man's genau nimmt, müsste er seinen Laden Früh-bis-spät-Kauf nennen, aber das wäre gegen die Gewohnheit. Und Gewohnheiten haben am Späti eine große Bedeutung.

Zum Verständnis: Du kommst zum ersten Mal als Fremder dorthin. Beim zweiten Mal wirst du schon wiedererkannt und mit Kopfnicken begrüßt. Nach dem dritten Mal gehörst du quasi zum Inventar. Dann weiß der Verkäufer schon, welche Biersorte du haben willst, oder erkennt, wenn du eine lange Nacht hinter dir hast. Außerdem macht er dich Stück für Stück mit der Stammkundschaft vertraut. Jeder Späti hat seinen Special-Pfandsammler, dem man leere Flaschen zustecken kann und sollte, außerdem gibt's meist eine Belegschaft selbsternannter Türsteher, die nicht nur jeden ankommenden Kunden kritisch mustert, sondern im Laufe des Tages auch immer betrunkener wird. Das sind dann die Leute, vor denen unsere Eltern uns als Kinder gewarnt haben, bei denen wir nach dem fünften Mal »Hallo« und »Tschüss« aber doch hängenbleiben, um mit ihnen zu quatschen. Der Inhalt solcher Gespräche ist in der Regel unwichtig, und je bedeutungsschwangerer er daherkommt, desto weniger sollte man ihn ernst nehmen. Viel wichtiger ist, dass man nebenbei die Welt durch die Augen der Hobby-Türsteher betrachtet. Was man da zu sehen bekommt, nenne ich Kiez-Kino – ungescripteter Alltag, dem man stundenlang zugucken kann, weil er eigentlich nie langweilig wird. Da hast du die Bullen, die sich auf Streife Süßigkeiten holen, während der Kollege hinterm Auto heimlich eine raucht. Du hast die Drama-

Atzen, denen grad die Freundin weggelaufen ist und mit denen du aus Solidarität einen trinken musst. Du hast die erste Gruppe Anwohner, die beim Gassigehen mit ihren Hunden im Späti Alibikäufe macht, damit sie einen Grund hat, mit dem Besitzer zu quasseln. Und du hast die zweite Gruppe Anwohner, die beim Ausfahren ihrer Baby-Buggys einen Bogen um den Laden macht, weil sie zu der Elternfraktion gehört, die ihr Kind später vor dir und deinen neuen Türsteher-Kumpels warnen wird. Zwischendurch sorgen immer wieder feiernde Teenies für Action.

Mit anderen Worten: Man braucht keinen Fernseher mehr, wenn man einen Späti um die Ecke hat. Was hier passiert, ist Reality-Doku, Exhibitionisten-TV und Castingshow in einem. Die Passanten sind die Kandidaten, und du bist der Punktrichter, der darüber entscheidet, ob jemand weiterkommt oder nicht. Jeder bekommt eine Note und jeder bekommt einen Namen. Potenzielle Ostkreuzhelden heißen Jeans, Cyber oder Neff, die Pappnasen heißen Heiopei, Ape Brain oder Flutschkopf. Auch für Frauen gibt's viele Titel: Mäuse, Radellen, Reusen, Beulen ... Schnelle Ponys natürlich auch. Das sind alles Komplimente, versteht sich. Es weiß ja jeder, dass es keine hässlichen Frauen gibt, sondern nur unterschiedliche Schönheitsstadien.

Und jetzt hätte ich über der ganzen Beobachterei fast vergessen, warum ich hergekommen bin: Katzenbier und Mate kaufen war die Aufgabe. Also, ran an den Kühlschrank und raus in die Nacht. Danach haben wir zwei Möglichkeiten: Entweder wir gehen direkt auf die Party und füllen die Fitti-Bar auf. In dem Fall geht es auf **SEITE 100** weiter.

Wer das Drehbuch zur zweiten Folge der Fitcom-Folge lesen will, kehrt zurück zur Crew auf Seite 62.

ZWEGATMANN: DER JOKER

Unser Zwegatmann! Ein Typ für jede Gelegenheit. Der fröhlichste DJ und der schlechteste Witzeerzähler der Welt. Leidenschaftlicher Stage-Diver, Morgensport-Ausdauerkönig, Graffiti-Patron. Für eine Party hat er mal eine Leinwand mit dem heiligen Zwegat bemalt. Riesenteil. Ich hab da auf Suff mit einem Ölstift drübergetaggt und am Ende kräftig den Heiligenschein über dem Kopf nachgezogen. Danach hatte ich ein schlechtes Gewissen und hab angeboten, das Bild zu kaufen. Da kam der Powerstratege im Zwegat durch. Er hat das Angebot ausgeschlagen und das Bild dem Stellwerk in Hamburg-Harburg als Schutzpatron überlassen. Jetzt wartet er auf Wertsteigerung, die vermutlich mit jedem Leser, der diese Geschichte liest, einsetzt. Wahrscheinlich muss ich doch noch teuer für meinen Übermut bezahlen. Aber das ist nicht dein Problem. Für dich ist der Zwegat das, was er für uns im Touralltag ist: der Joker, der vom Weg abgekommene Kandidaten auf ein neues Gleis setzt oder Homies belohnt, die sich einen Kurswechsel verdient haben. Das geht ganz einfach!

- Schließ die Augen, und tipp mit dem Zeigefinger auf gut Glück auf die rechte Seite
- Öffne die Augen und guck, wo du getroffen hast. Hast du ein Symbol-Farbfeld getroffen, folge der darin angegebenen Seitenzahl. Triffst du den Zwegatmann, zieh dir seinen Fitcom-Gastauftritt auf **SEITE 106** rein.
- Solltest du ein Themensymbol von einem Kapitel treffen, das du bereits gelesen hast, mach weiter, bis du ein neues Thema triffst.

SEITE 44
SEITE 126
482
SEITE 24
Peace.
SEITE 114
AAA
ARTIST
SEITE 70
MC
IZZO
SEITE 96
SEITE 140

McFitti
PEACE
DAS ALBUM
OUT NOW!
McFitti
PEACE

WAS HERE
PEACE
#19SEP2014
HELLO
SPÜLEN NICHT
VERGESSEN!